緋彈的亞莉亞
Aria the Scarlet Ammo
XVI
星之堡壘的禿狼
赤松中學

緋彈的亞莉亞 XVI

Aria the Scarlet Ammo

星之堡壘的黍狼

赤松中學

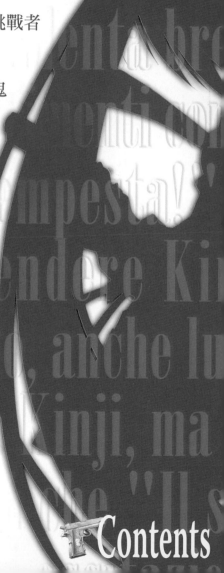

Contents

1彈　深色的挑戰者

嘰……啪哩、啪哩……！

在煤氣燈上拔出刀的「妖刕」——身體發出有如拉扯橡皮似的怪聲。

而隨著那聲音，就像摔角選手撐大全身肌肉一樣——他浮現在布魯塞爾夜空中的身影，變得更大一圈了。

不只是這樣……

從妖刕的長風衣中開始噴發出宛如黑色火焰的東西。

他那漸漸與黑暗同化的身影，唯有凝視著我的右眼不斷發出緋色的光芒。

（這傢伙、到底是何方神聖……！）

我知道他是類似超能力者的存在，但他跟佩特拉或是希爾達完全不同。

從妖刕身上散發出來的魄力，是我至今從未體驗過的。

真要形容的話，簡直就是「怪人」……！

「今晚的你，將沉眠在地獄中。」

妖刕說著，用拇指對我比了一個「割喉」的動作。

接著，將散發出鈍重光澤的雙刀像剪刀一樣——交叉擺成X字型。

躲在小巷暗處的老鼠，都被妖刕不尋常的殺氣嚇得逃走了。

而我……也好想立刻拔腿逃跑啊。

但我做不到。因為現在的我根本不是什麼爆發模式，只是普通的我。要是我把背部轉向對方，他當場就會飛過來砍掉我的頭。

既然如此——

（武偵憲章第五條：武偵必須以先發制人為第一宗旨……！）

——碰！我反而把貝瑞塔快速拔出，隨便瞄個大概就對妖刕開槍了。

藉由攻擊讓站在煤氣燈上的妖刕失去平衡，並趁機逃跑。

我本來是這麼盤算的，但是……

——鏘！哐啷——

緊接在一陣聲響之後，四周忽然變暗了。

在變暗的前一秒，我看到妖刕在我開槍之前傾斜刀身——

就像用刀上的護手毆打似地，把子彈往下彈開了。

而那顆子彈就這樣擊碎了妖刕腳下的煤氣燈。

這恐怕……不，應該說絕對不是偶然。我應該判斷成妖刕故意製造出這片黑暗，而且那傢伙可以用刀做出類似我「彈子戲法」的招式。

「……嗚……！」

既然妖刕故意讓四周變得黑暗，代表他一定擁有夜視能力不會錯。

這下，留在這裡繼續戰鬥對我來說越來越不利了。

（不過，妖刕，你的刀——只有兩把！）

不跟你客氣啦！

我將手槍的選擇器轉到『∴（三點放）』模式——碰碰碰！碰碰碰！

一邊利用槍口焰照明，一邊後退，同時對著妖刕發出紅光的右眼連續射出三加三共六發子彈。不過因為我習慣遵守武偵法第九條的關係，所以瞄準的方向稍微偏低。

超音速的9mm帕拉貝倫彈全數命中那傢伙的軀幹——

可是卻只傳來「噗！噗！」的模糊聲音而已。

我本來是想要把那傢伙從煤氣燈上打下來的，可是他竟然只是稍微搖晃了一下上半身。

（明明擊中了，卻沒有效……？）

是衝擊分散型的防彈衣嗎？不，就算穿了那種東西，應該也沒辦法讓中彈時的衝擊力道削弱到那種程度才對。

恐怕……是從那風衣中散發出來的黑焰，可以利用超自然的力量保護身體吧？

就在這時，我發現那傢伙在黑暗中發光的右眼——

「……？」

似乎感到奇怪地往旁邊瞄了一下。

感覺他並沒有受到傷害，只是視線一時之間固定在虛空，發呆似地不知道在想什麼事情。

——雖然跟我原本的預定不太一樣，不過那傢伙確實露出破綻了。

（快逃……！）

就在我往地上踏的瞬間——

妖刕竟然**比我還要早**看向我準備要逃的方向了。

包括剛才用刀擋開子彈的事情在內，為什麼他會知道！

難道那傢伙可以利用什麼能力，預測我的行動嗎！

——唰——

全身漆黑、看起來就像影子的妖刕——無聲無息地在煤氣燈桿上蹬了一下，宛如旋風般旋轉著身體落地。就在我準備逃跑的前方十公尺處。

「……嗚！」

「——炸牙。」

聽到妖刕聲音的下一個瞬間，磅轟轟轟轟轟轟轟轟——————！

橫掃的刀發出爆炸聲響，我則是連聲音都發不出來——就往正後方被撞飛了好幾公尺。

石板路的碎片「喀啦、喀啦」地掉落在仰天倒下的我身上。

接著，喀沙、喀沙……

妖刕踏在被破壞成一片扇形的道路上，走向我這邊。

「放心吧，炸牙這招只要保持距離，就算是蒼蠅也殺不掉啦。」

我可以看到那傢伙的刀上，薄薄地包覆著一層白色的水蒸氣。

（……剛、剛才這是……「櫻花」……？）

那相當類似我用短刀使出來的櫻花，甚至可以說是上位版本的神祕超音速斬擊。

而且他是在中距離下對我使出的。

我根本還沒被直接攻擊到，就被衝擊波颳走了……！

「啊……嗚……」

我吐出湧上喉嚨的鮮血……稍微有點誇張地表現出掙扎的樣子。全身趴在地上，假裝痛苦地用手按著自己的腹部——

將藏在制服內側口袋的武偵彈握入手中。

從觸感上可以分辨出來，這顆是煙霧彈。而我準備利用手動讓它爆炸——

「——就算製造了煙霧，也只會讓你自己難以行動而已。」

為什麼……為什麼這傢伙會知道！

他剛才這句發言——有兩層意義：他不只看穿了我打算製造煙霧的想法，而且還意有所指地告訴了我『就算製造煙霧，我也能看見你的行動』。

妖刕他看得見啊。

無論是在黑暗中，還是在煙霧中——他都能像雷達一樣捕捉到我的動作。

不，他剛才追上我時的眼睛動作已經超越了普通的雷達，而是像戰鬥機的雷達射擊管制裝置一樣，可以預測鎖定對象的未來位置。

妖刕他——是靠肉眼以外的某種感官，捕捉到我的身影的。

（一定、就是那個右眼……！）

妖刕偶爾——像現在也是，會把視線一時間固定在虛空。那動作很像金女或GⅢ在使用ＨＭＤ・特拉納時的行為。

這傢伙可以看到物理性視野以外的某種東西，搞不好是戴了隱形眼鏡型的顯示器之類的玩意也不一定。

只要破壞他那紅色的右眼——我想他應該就會失去能力了。

雖然我還不知道該怎麼攻略那對一看就知道很鋒利的雙刀，以及那件超自然的長風衣……不過，首先要對付眼睛啊。我必須以那隻眼睛為目標擬定戰法。雖然這樣做會傷害到他的臉，而且還是弄瞎一隻眼睛，但我可不會手下留情。畢竟那傢伙是個男的，而且他是來取我性命的啊。

然而，我心中的企圖似乎又被妖刕看穿了——碰磅！

他忽然用黑靴子把倒在地上的我一腳踹了起來。

「——嗚！」

我的身體在磚瓦牆上撞了一下，被彈高兩公尺以上——

就這麼被吊在半空中了。

妖刕用交叉成X字型的雙刀、刀背與刀背的部分掐住我的脖子……把我吊了起來。

「咕……啊……！」

這招是……摔角招式中的雙手鎖喉術……的雙刀版本！

我無法動彈了……！

「──刃鋏樹。要是你為了掙脫而抓住刀子，你的指頭就會一根根落下囉？畢竟妖刕比剃刀還銳利啊。」

他說著，目不轉睛地抬頭看向我。

（他、是在……確認、我的臉……嗎……？）

接著，過了一段時間後──鈴鈴！鈴鈴！鈴鈴──

雙刀的護手閃爍出紅光，同時發出像鈴鐺的聲音。

而那就像什麼暗號似地，妖刕身上的殺氣……

靜靜地消失了。

「……是所謂的『影武者』嗎？雖然長得確實是很像，但似乎還是沒辦法連遠山那瘋狂的強度也模仿到啊。」

──碰！

妖刕鬆開雙刀，讓我跌落到地上後──

他似乎誤以為我是什麼替身的樣子，佇立在我面前。

我想……就利用這個機會吧。既然他以為我是假貨，那我就裝成假貨跟他說話。

雖然很不甘心，但是在不利的狀況下繼續戰鬥也沒有意義啊。

「為什麼……你要攻擊遠山……」

倒在地上的我，扮演著假貨如此問道。

「為了自衛。因為那傢伙想要取我們的性命。只要現在殺掉，以後就會比較好殺了。」

他說……自衛？

我可不記得自己有想要取這怪人的性命啊？

而且，他那是什麼意思？現在殺掉……以後會比較好殺……？

「你代我去轉告真正的遠山金次——『什麼事都別再做了』。尤其是跟藍幫，絕對不准再扯上關係。」

妖刕從遮掩臉部的斗篷中說出讓人聽不懂的話——

（他是藍幫的關係人嗎？但感覺並不像是幫中成員……）

在我皺起眉頭的同時，那對雙刀的護手持續發出「鈴鈴！鈴鈴！鈴鈴！」的聲音……

伴隨閃爍的紅光，節奏越來越快。

妖刕聽到那聲音，便彷彿畫出兩個圓一樣旋轉雙刀後，收刀入鞘了。

護手發出的聲音隨之停息……四周恢復一片寂靜。

「——偽金次，你最好盡早去轉告真貨。因為你也差不多快死啦。」

他說完便轉過身去，於是倒在地上的我抬頭看向他的背影：

「你說……我快要、死了……？你這是在詛咒我嗎？」

「不是，是你的表示（guide）——出現死相啦。這個月你就會死。百分之百，絕對。哎呀，你就去準備好你的後事吧。」

妖刕留下這句像死神一樣的臺詞後——

銀色扣環的靴子踏在石板碎片上，準備離去了。

好不容易站起身子的我，對著他的背影如此一問。結果——

「……你究竟、是什麼人……」

「——只是在一間個性較野蠻的學校就讀的普通高中生啦。」

妖刕最後說出很像我會講的臺詞後……消失在黑暗中了。

（……）

我會……好好幫你轉達啦。

轉告你口中所說的、**爆發模式下的我**啊。

——剛才是我太大意了。

然而，如果是爆發模式的話。

如果是在爆發模式下，我應該就能擊敗你了。

即使見識到妖刕如此壓倒性的戰力，我依然還能這麼想，是因為他太**不成熟**了。

雖然他應該也經歷過不少場面，但是——

很明顯地，他的戰鬥經驗比我還要少。

像武偵或是傭兵這類從事戰鬥的專家，越是資深就越會對敵人隱藏自己的優缺點。畢竟如果被對方知道的話，下次再戰的時候就會變得壓倒性地不利啊。

可是，妖刕卻完全沒有做到這一點。

甚至可以說是全被我看光了也不為過。

首先，在戰鬥過程中察覺到的那紅色右眼的性能。

另外更重要的是，時間——妖刕撤退得太早了，甚至打從一開始就有種想要速戰速決的感覺。拔刀之後經過兩分鐘左右，當護手開始發出聲音時……他還做出了把我誤以為是假貨的判斷性失誤。兩分三十秒左右——護手的聲音開始加速之後，那傢伙的行動就彷彿很想快快結束一樣，而且非常明顯。

換言之——

那傢伙跟超能力者一樣，是屬於會發生燃料不足的類型。

他一開始自己宣告的「三分鐘」恐怕也是代表他使出全力的話只能戰鬥那麼久的意思吧？多話的個性讓你說溜嘴啦，超人力霸王。

（既然已經知道這些，應該就有辦法想出對策了。）

雖然也要考慮年齡、身體狀況與發動條件等等因素啦，不過——

我的爆發模式可是能夠保持三十分鐘，甚至一小時啊。

（等著瞧吧，妖刕。你的聲音跟長相……的上半部分，我都已經記住啦。）

遠山家家訓也有說過：若射須射——被射一箭，就要還以一箭。雖然我面對亞莉亞是被打也沒辦法還手啦，不過妖刕，你可是男的。既然你攻擊過我，我就要攻擊回去。就算不是現在馬上，就算要過幾年之後，我一定會以牙還牙。

——這就叫「此仇不報非君子」啊。

不過……今晚遇到你，至少有一件事情讓我感到欣慰……

那就是讓我知道了：原來這世上還有比我更放棄當人類的高中生啊。該死。

比起雙刀使出「炸牙」造成的全身跌撞傷，或是「刃鋏樹」造成的頸部動脈疼痛……妖刕本人使出的變相腹踢對我造成的傷害還比較嚴重。

畢竟他可是把包含全身裝備在內總共有六十五公斤的我整整踢飛了兩公尺高。多虧我當時是趴著，免於被他踢斷脊椎，算是不幸中的大幸——不過被當成緩衝墊的腹部就留下了激烈的疼痛。

妖刕那一腳就好像有人在引導他「踢這裡」一樣，正確無比地擊中了我的脾臟、腎臟。看來這下要血尿一段時間啦。

我擦拭著嘴角站起來後……

（貞德、呢……？）

嘗試尋找將我帶到這裡遭遇妖刕的貞德。可是……

小巷的轉角轉過去後，是一條死路。

雖然因為煤氣燈壞掉而讓周圍昏暗得看不太清楚，不過確實……沒有人，沒有任何東西。

只有腳邊堆積著被風吹進死巷的垃圾與塵沙而已。

（……必須把遇到妖刕的事情告訴大家才行。）

我忍著痛從口袋中拿出手機……但它已經被炸牙破壞掉了。

妖刕連手機也看得到？那紅色的眼睛是什麼X光嗎？

背對著歌劇院中傳出來的獨唱曲，我在宛如童話書中的大街上搖搖晃晃地踏上歸途。

光是稍微走幾步，左側的腹部就好痛，痛到我好想趕快就醫。

但我對比利時的規矩不熟，就算要住院也必須先跟夥伴集合才行。

就在這時……碰！

（……痛啊……！）

一名奔跑在路上的白人女性，經過我身邊時跟我撞了一下。好死不死，剛好就撞到我被踢中的左側腹。這傢伙……！

因為我不會講法文，也沒辦法抱怨什麼話，只能狠狠瞪向對方——

結果撞到我的女性竟然連一句道歉也沒有，就這樣跑掉了。

她一頭金髮藏在頭巾下，手上抱著大量的衣物，逃進小巷之中。

那女人經過的路上，可以看到血跡。

她似乎是受傷了。大概……是小偷之類的吧？

不過，我現在可沒時間去追什麼扒手小偷。

我只能轉身背向女性離開的方向，快步趕往華生她們所在的飯店了。

在回去的路上，我這才發現眷屬的偷襲並不只是妖刕一個人行動而已。

（……是……火！）

在街上的一個角落──或者應該說，就是我們投宿的飯店那一帶，竄起了黑煙。

而我蹣跚著腳步跑到現場一看──

該死，被擺了一道。

我們住的飯店發生火災，消防車聚集在周圍。

有人──在師團中的間諜，把我們的所在地洩漏出去了。

梅雅拿著滅火器站在路上，不過滅火劑似乎已經噴完的樣子。

「遠山！」

身上沾了些焦炭的華生，發現我的衣服因為戰鬥而弄髒的事情，快步跑過來。

「看來你也被攻擊了。我們也是。有人把反坦克榴彈射進來了。我雖然有從窗口開槍迎戰，但沒能追擊敵人。對方的長相也沒辦法確認得很清楚，畢竟現在滅火比較要緊──」

我大概聽了一下華生說明狀況後……

「──貞德呢？」

首先向她確認了這一點。但華生卻是搖了搖頭。

「我沒看到。不過，貞德的護照跟你的東西一起留在飯店中，搞不好她是被綁架了。或者……」

華生說到一半，又閉上嘴巴。不過——

『或者貞德有可能是叛徒，而偽裝成遭到綁架也不一定。』

她應該是原本想接著這麼說，但還是住嘴了吧。

——潛藏在師團裡的「叛徒」究竟是誰？

這不是隨隨便便就能說出口的話題。

這類的疑慮，會嚴重影響到小隊的團結心。

尤其是貞德、華生與我組成的新星座小隊，是這個月才忽然集結的臨時小隊。跟巴斯克維爾不一樣，很容易就會產生分裂的。

那樣一來——小隊戰力就會減半，不，甚至變成三分之一以下。

師團在歐洲戰線本來就已經很不利了，萬一負責其中一角的星座小隊產生分裂……別說是我們全滅，搞不好整個極東戰役都會被翻盤也不一定啊。

華生不可能會不明白這個道理。只是——

從她剛才差點說溜嘴的態度看來，她對於目前不在場的貞德確實多少感到懷疑了吧？這下我對於貞德的事情也不能隨便開口啦。

我一邊這樣想著，一邊隱藏側腹傷口的疼痛……

假裝在避開火災的濃煙，後退到大馬路上的梅雅身邊。

火勢看來並沒有蔓延，算是不幸中的大幸。消防隊已經把火撲滅得差不多了，其他為數不多的投宿旅客似乎也都平安無事的樣子。

「敵人……應該已經撤退了吧。」

梅雅將已經噴光的滅火器丟到垃圾場後，伸手拍了一下有點被燒焦的法衣。

接著，將雙手交握在自己的胸前，轉向我們——

「話說在前頭，我並沒有懷疑貞德。」

冷不防地就提出這個很敏感的話題了。

妳這句話言外之意不就是『雖然遠山跟華生或許在懷疑她』嗎？不、呃、雖然在這種狀況下會那樣想也是沒辦法的啦。

不過……關於師團當中有叛徒的事情……

梅雅也已經注意到了。

「我的『強化幸運（Ventura）』不只是對神、耶穌與聖靈——也要**相信**友軍，才能增強庇護。懷疑友軍的行為，會大幅削弱效果的。」

梅雅在她那對像哈密瓜一樣大的胸部前「唰、唰」地劃出十字後——

似乎對於這件事情已經不打算再思考，也不打算再談論了。

或許這可以說是一種思想停滯、盲信、狂信……

不過只有在今晚，我不介意她那樣的思考方式。

梅雅是中立的。為了師團的向心力，我很感謝她願意這樣明確做出表示。

然而——

「遠山，我看你衣服這麼髒……你跟誰打鬥過嗎？」

這位華生倒是已經開始在懷疑貞德了。

要是讓她知道我被貞德帶出去的事情，一定會加深她心中的懷疑吧？

雖然不能說出事實讓人有點不甘心，不過——現在還是不要加深華生對貞德的嫌疑比較好。

我如此判斷之後……

「……我被『妖刕』攻擊了。能夠活著逃出來，只能說是我運氣好吧。」

首先提出可以引開那兩人注意力的關鍵字，並去掉貞德的部分，與她們共享情報。

而我這樣的講法似乎成效不錯——

「……！」

「你、你是說真的嗎！」

不只是梅雅瞪大了她那雙睫毛很長的眼睛，就連華生也驚訝得跳了起來。

這兩個人的注意力已經完全被妖刕的事情引開了。

好，我就這樣把貞德的事情擱到一旁去吧。

「——是真的。他就跟玉藻形容過的特徵一樣，是個日本人。從遮住臉部的斗篷到身上的長風衣，全部都是黑色的。體格上雖然一開始普普通通，但是戰鬥前卻可以讓肌肉變得粗大。右眼發出紅色的光芒，身上則是會包覆著像黑色熱氣一樣的防禦性力場——完全是個怪人啊。」

兩人似乎從我的形容中理解我遭遇到了真正的妖刕……

「我們快點……快點逃吧！要是被妖刕・魔劔攻擊的話，這裡會全滅的！」

梅雅一口氣就提高了危機意識。

大概是因為歐洲陣營有直接遭遇過妖刕・魔劍的加害，所以非常清楚那些傢伙的恐怖之處吧？

「——雖然這樣會變得跟貞德分開行動，但我們必須趕快找個地方避難才行。我另外也會把妖刕出現的事情報告梵蒂岡的。」

「那樣或許比較好。畢竟這間飯店已經不宜久留了。我也會聯絡自由石匠。另外，我可以想到一個安全的場所。」

說著，梅雅與華生就拿出手機，各自聯絡自己的組織了。

後來，我們躲藏在黑夜中來到的地方——

是距離原本的布魯塞爾中央車站有點距離、名叫蒂亞曼大街的高級住宅街。

在左鄰右舍的牆壁都緊緊貼在一起的房舍當中……有一棟外牆是漂亮的橘紅色磚瓦建成、寫有『Salle Maçon Union de Bruxelles（布魯塞爾石匠工會會館）』的建築物。

華生按下那棟建築的門鈴後，與對講機進行了一段『C』「Carbunculus（石榴石）」

『P』「Persona non grata（不速之客）」『A』「Apicius（他很絕望）」『X』「Xeno（異端）」等等，聽起來像是拉丁語的暗號。

然後……緊接著「嗶」的電子聲音，黑色的大門發出「喀」一聲開鎖的聲響。

「來，快進去吧。」

我們隨著帶頭的華生，一起進入館內——

來到一間地板上鋪滿高級大理石的大廳。

華生接著對展示在牆邊的紫水晶標本說了一些話後，一扇與四周牆壁完全分辨不出來的隱藏門便打開……裡面是……

「Gosh, Mr. Watson. Are you all right（哦哦，華生先生，你可安好）？」

一位身穿卡其色羊皮風衣的高個子白人男性，提著一個提燈站在那裡。

這位年約二十歲左右的美男子，我之前有看過啊。

就是去年在空地島舉行宣戰會議的時候，以自由石匠大使身分出席的男子。

細長的眼角與高挺的鼻梁就像電影明星一樣，是個給人印象很鋒利的帥哥。

「I'm okay, Kaiser（我沒事，凱撒）」

華生走過去後，那位男子——似乎叫凱撒的樣子——從頭到腳仔細觀察著華生，看起來非常、非常擔心。

「另外，凱撒，今天麻煩你用日文交談吧。因為他聽不懂英文啊。」

華生說著，對我指了一下。於是凱撒回應了一句「我明白了，華生先生。你平安無事就好。」並點點頭後……用那對深藍色的眼睛看向我。

「我在照片上見過，你就是遠山・金次吧？你就先放心下來，金次。這裡是自由石匠的祕密會所啊。」

……你這傢伙，為什麼稱呼華生會加「先生」，對我就是直呼其名啦？

「我介紹一下吧，這位是凱撒，自由石匠的殲魔士，是我的前輩。」

明明在被人介紹，凱撒卻只顧開心地看著華生的側臉。

總覺得……這位帥哥唯有對華生特別偏心啊。

或許那是因為華生是他的部下，但我總覺得好像不只是如此而已。

「各位──對消防局與警察局方面的對應就交給我們吧。那兩方都有很多自由石匠的成員在裡面。另外，我想這位應該是梅雅・羅曼諾吧？」

總算把眼睛看向我們的凱撒如此一說後，從他的後方……

「梅雅小姐？梅雅小姐也在那裡嗎？」

出現了一名金色長髮上戴著白色蕾絲頭紗，年約二十五歲的美女。

雖然金絲刺繡的數量比梅雅多，不過純白色的法衣與梅雅的衣服幾乎一樣。一看就知道是梵蒂岡的修女。

身材嬌小，給人的印象比梅雅還要溫和的這位女性……

手上拿著一根白手杖，雙眼並沒有看向我們。應該是視障同胞吧。

「蘿蕾塔大人……！能夠拜謁偉大的驅魔司教，真是誠惶誠恐。今晚雖說是遭到偷襲，但我卻沒能反擊對手，還被迫撤退了。請賜予我神罰吧。」

「快別那麼說。該受到神罰的人應當是我才對。就因為我沒有戰鬥能力的關係，長久以來都把前線交給梅雅小姐負責，我真是感到相當愧疚呀。」

徹底感到惶恐起來的梅雅，被看似她上司的修女——蘿蕾塔小姐抱到胸前慰勞。於是梅雅也對她還了一個義大利式的擁抱。

順道一提，這位蘿蕾塔小姐擁有足以匹敵梅雅的豐滿胸部。

因此這兩個人互相擁抱的時候，就總共有四顆柔軟的大麻糬擠在一起……該怎麼說呢？這畫面真是厲害。

再加上這兩位都是聖職者，因此讓人有種莫名的悖德感。對於爆發模式來說是必須迴避的情景啊。

「但是蘿蕾塔大人，您怎麼會親自來到這樣危險的地方——不可以的。請您立刻到市中心的教會……不，布魯塞爾已經很危險了，請您快點逃到北方的阿姆斯特丹‧聖尼可拉斯教會吧。現在布魯塞爾可是有妖刕在呀！」

梅雅慌張地警告著蘿蕾塔小姐。

而她說出口的「妖刕」這個詞，讓凱撒也驚訝得轉過頭來了。

不過——

從梅雅面前往後退下一步的蘿蕾塔小姐卻絲毫沒有感到動搖。

「妳不可以慌張，梅雅。跟八十六年前的戰役比起來，這種程度的事情根本稱不上是危機。更何況，羅馬——梵蒂岡依然安好無恙呀。」

雖然這樣講有點失禮，不過蘿蕾塔小姐明明一看就知道沒有戰鬥能力——但聽到她堅毅的語氣，不只是梅雅，連我心中都鼓起勇氣了。

大概也是因為年紀較大的關係，感覺這位女性相當可靠。她與梅雅之間，應該就像玉藻跟巴斯克維爾小隊之間的關係吧？雖然這位上司看起來比玉藻還要可靠1兆倍就是了啦。

然而，凱撒似乎對於蘿蕾塔小姐剛才的發言有一部分感到不是很高興，而有點火大地插嘴道：

「妳的意思是只要梵蒂岡沒事，法國跟比荷盧被敵人奪走也沒差了？」

「我並沒有那樣說，也沒有那樣想。我們會來到這地方與身為新教徒——我就姑且不稱呼為異端——的你們共同戰鬥，就是最好的證明了。」

「但我聽起來就是那個意思啊，基督原教主義者。」

表情溫和卻也有點不悅的蘿蕾塔小姐，以及講話辛辣的凱撒……

或許也是因為宗教上的理由，看來梵蒂岡跟自由石匠之間的關係並不融洽的樣子。

明明正在進行戰役，卻在搞內鬨。簡直就像舊日本軍的陸軍跟海軍一樣。

（怪不得……歐洲戰線會打得如此吃力啊。）

我將從途中開始改用英文在爭論的那兩個人放到一旁，偷偷摸了一下自己的左腹部……又痛又燙的那個部位，已經嚴重腫起來了。

用暖爐取暖的同時，我們一行人坐在沙發或椅子上，召開緊急的歐洲師團會議。

歐洲的通訊網路必須經由複雜的國境與通訊公司進行中繼，讓人搞不清楚情報究竟會經過什麼地方——因此我們這次就沒有聯絡東京與香港了。

「你說師團的情報……外洩了嗎？」

「也就是說，有間諜的意思？」

現在要進行討論，當然就會提到這個話題了。蘿蕾塔小姐與凱撒都對華生講述的話感到非常在意。

「我確信有內奸的存在。因為我們的移動路徑與所在地方，全都讓眷屬知道了。」

「那麼，這地方也是嗎？」

「……這點我是不認為。畢竟我沒有感覺到有人跟蹤。」

「——你們最後一次見到貞德是什麼時候？」

從華生的話語中，凱撒立刻察覺出來了。真是個敏銳的男人。

如果是貞德將師團的所在地告訴眷屬的話，我們走散之後的情報就不會被眷屬知道了。換言之，這就跟華生認為這地方沒有被發現的見解互不矛盾了。

「……我最後一次見到她是在飯店分配房間的時候。」

「我……雖然跟她住同一個房間，不過最後一次見到她是在遭遇襲擊前一段時間的事情。當時貞德說她要『稍微出去一下』，然後就外出了。」

聽完華生與梅雅各自的證言後，凱撒將眼角尖銳的眼睛看向我——

「——金次，你最後一次見到貞德是什麼時候？」

……來啦。

這裡就是命運的分歧點了。

不論是對貞德來說，還是對我來說。

（我與貞德兩個人出去用餐的事情，應該沒有被任何人看到才對……）

我、不想懷疑。

當時被星座小隊的大家拯救的時候，我就下定決心……不再懷疑同伴了。

然而，假設來說。

如果貞德是叛徒的話，我現在把事實說出來，會讓貞德身陷危險之中。

根據之前在東京聽玉藻的描述，妖刕似乎並不是一個完全聽從眷屬命令的男人。

而他之所以沒有殺掉我，也是那傢伙擅自的誤會所造成的。

可是那看在眷屬的眼裡，應該算是一種失態吧？

或許這樣講有點自大，但畢竟他漏殺了我啊。

就算眷屬今後還要繼續雇用那個擁有壓倒性近戰能力的妖刕，也必須要找個人受罰，要不然在眷屬內部就說不過去了。

如此以來——貞德很有可能就會以某種代罪羔羊的形式被殺掉。

（……而且……）

內奸可不一定只有一個人。

要是讓『貞德是叛徒的事情已經被師團發現』這個情報被眷屬知道的話，貞德當場就會失去利用價值，而被抹消了。

因此我現在必須要讓師團中留下『貞德並不是叛徒，而是被眷屬綁架了』這個可能性才行。

然而，要達到這個目的……

現在的我，只想得到一個方法。而且是相當不妙的方法。

那就是——**由我來背黑鍋**。

只要把事情當成『叛徒其實是遠山金次』，貞德暫時就不會遭到懷疑。

而師團應該會推斷出『貞德是經由金次的手，被眷屬帶走的』吧？雖然實際上是完全相反啦。

「……」

保持沉默的我，額頭上除了忍痛造成的汗水，又參雜了冷汗。

老實講，我為了保護貞德……

打從一開始就多少有打算要幫她頂罪了。

所以我才會故意隱瞞腹部受傷的事情。這是為了讓師團認為我被妖刕攻擊的事情有可能是我胡扯的。

在世人不知不覺之中進行活動的自由石匠，以武偵高中來講就很類似諜報學部。而那種組織的人一定都很擅長訊問。

要是遭到訊問，想必我就會不得不說出事實——也就是貞德把我帶出去的事情吧。

「為什麼你不說話？」

對於凱撒的詢問，我依然保持沉默。

現在我不可以開口說話。

因為就算我主動撒謊，擁有訊問能力的傢伙也會馬上看穿的。

「雖然我很不想這樣問你，不過——金次，這下我有兩個問題必須要你回答了。第一，為什麼在發生火災的時候，你會剛好不在場？第二，我們雖然知道你是個『化不可能為可能的男人』，但我們也很清楚妖刕的實力。你究竟是怎麼從他的攻擊中生還下來的？」

關於這一點……

我也不要隨便開口比較好。

妖刕把不是爆發模式下的我，誤認為是遠山金次的影武者還是什麼了。

而我現在沒辦法說明這一點。爆發模式是我的王牌，絕不能在這種不知間諜隱藏在何處的地方公開啊。

「……遠山……？」

梅雅感到擔心地看向始終沉默的我。

蘿蕾塔小姐也把失明的眼睛轉向我的方向。

「金次，我再問你一次。為什麼妖刕會放過你？我話說在先，照狀況分析——你要理解自己是站在必須證明自己清白的立場上。我們歐洲的師團能透過玉藻獲得亞洲方面的情報，而你似乎一直都在實戰部隊之中啊。換句話說，你是站在比任何人都還要容易將最新的狀況傳送出去的位置上。」

凱撒的語氣與表情一口氣變得嚴肅起來。

這是……壓迫訊問啊。

雖然違法，但警察或武偵卻還是經常使用的傳統訊問手法。

簡單講就是對每一個可疑的對象都進行脅迫，或是狠狠修理，好找出其中自白出「對不起，就是我」的傢伙。就算再怎麼感到恐怖、再怎麼感到痛，真正清白的人也沒東西可以自白，但犯人就有東西可以說了。雖然合理，但不人道。

然而，他這行為對現在的我來說卻是再好不過了。

只要我表現得激動一點，就能按照計畫背黑鍋了。

正當我這樣想的時候——

「凱撒！你的想法太武斷了！遠山過去可是一直以師團成員的身分，拚上性命戰鬥過來的啊！」

沒想到激動起來的，竟然是華生小妹妹。

「或許內奸確實存在，但我們如果為了找出犯人而起內鬨，才真的是順了眷屬的意啊！我們現在應該要先確立有內奸為前提下的行動準則才對——」

被原本個性就很急躁的華生一句接一句地詰問著，凱撒頓時收起剛才尖銳的態

度……

「華、華生先生，我只是、那個、為了對金次進行確認、稍微訊問一下而已啊。」

露出有點，或者應該說相當畏怯的表情了。

而且在昏暗的燈光中也能看得出來他莫名臉紅啊。

話說……

凱撒他、對華生……

看來不只是當成自己中意的部下，根本就是喜歡她嘛。

但卻為了不讓對方察覺自己的心意，而保持著一段距離的樣子。

（怪不得他從一開始就特別偏袒華生啊。）

哎呀，不過……這也難怪啦。

雖然華生實際上是個女的，但她在自由石匠中的身分是個男人。

所以凱撒才會覺得自己自然產生的這份情感是異常的東西，而拚命隱藏著。

可是這男的又很笨拙，根本就藏不住自己的感情。連對那方面的事情超級遲鈍的我也看得出來啊。

但畢竟華生是個女的，所以凱撒實際上應該算很正常才對。

（唉……這兩人的關係還真是複雜啊……）

姑且先不管自己的立場，我忍不住對這位教人遺憾的帥哥凱撒感到同情起來啦。

「凱撒，你從以前就有喜歡暗中調查自己同伴的壞習慣啊。」

相對地，偽裝成一名美少年的華生則是完全沒有料想到（表面上）身為男人的自己會遭遇到這樣的一場悲劇，而對凱撒表現得一點都不手軟。

「暗中調查？我並沒有做過那樣的……」

「以前第一次跟我組成搭檔的時候，你不是就向倫敦會所申請了我的照片嗎？之前搭地下鐵的時候我就瞄到了，你把那張照片夾在自己的車票夾裡。對於被調查的人來說，心裡很不是滋味啊。」

面對交抱著手臂吊起眉梢、用圓滾滾的眼睛瞪著自己的華生——

「……嗚……」

凱撒忍不住睜大眼睛，說不出話來了。

（我覺得那張照片應該不是為了暗中調查而申請的啦……）

雖然我這樣想，不過凱撒大概也沒辦法這樣說……

「——華、華生先生，那件事不是現在的重點啊，而是——遠山金次！他還沒提出證言啊！」

於是他再度把焦點帶回我身上來了，還表現得有點在出氣的樣子。

「金次，世上有句話叫『自導自演』，在這種狀況下，表現最活躍的人經常有可能是實際上放火的人啊。我就直截了當地問你吧：**是你把貞德出賣給眷屬的嗎？**」

他這無禮的態度——

不只是對我施加壓力，也讓在場的所有人都緊張起來。

用手槍來比喻的話，凱撒現在就是把手指扣在扳機上了。

因為對方是個男的，讓我脫口而出的臺詞……也變得有點在刺激對方了。

「……你覺得呢？」

不過，這樣正好。

我還沒有確認清楚貞德當時那樣行動的真意。

搞不好那其中有什麼誤會也不一定。

因此——我現在要袒護她。我已經做好覺悟了。

——武偵憲章第一條：同伴之間要互信互助。

相信。那是一句相當好聽的臺詞。

所以像漫畫的劇情中才會像說夢話一樣不斷反覆著『相信』、『相信』，把「信賴」像清倉貨一樣大肆拍賣。

然而，信任對方其實是一種伴隨昂貴代價的行為。

大哥也曾經教過我——相信對方，就要做好遭到背叛的覺悟。

（即使如此……在盧森堡，我已經決定不再懷疑同伴了。）

我現在應該做的，是盡快與貞德會合，然後聽她本人的說法。姑且不論真相如何，在進行確認之前就起內鬨的話……原本會贏的戰爭都會輸了。更不用說是已經趨於劣勢的戰爭啊。

凱撒沉默地與我互瞪了一段時間後——

「……華生先生，配合我行動。」

眼神恢復了原先的銳利，語氣低沉地說道。

而他的小指附近同時發出了「鏘」一聲極為微弱的聲響。雖然我看不見，但那十之八九是什麼利刃發出的聲音。從他的視線可以看得出來，他瞄準的……是我的頸動脈。

雖然我從外觀多少已經猜到了，不過這傢伙的職業果然是刺客啊。

「住手，凱撒……！」

「請別這樣，凱撒。不要再繼續懷疑自己的同伴了。」

華生與蘿蕾塔小姐的話語，完全沒有傳入已經準備戰鬥的凱撒耳中。

——叛徒就要立刻處分。

看來他已經有這樣的決心了。

然而，他大概是在戒備「習」(Enable)——我做出反擊，而並沒有馬上攻擊過來。

感覺他是在盤算必殺、必勝的時機。

如果是普通的高中生，現在應該會嚇得全身發軟，當場被殺掉吧？不過我可是在武偵高中被亞莉亞小姐把開槍當成日常生活的一部分，一路鍛鍊過來的。面對區區一個職業殺手，我才不會感到害怕呢。亞莉亞小姐，真是感謝妳啊。

話雖如此，但畢竟我現在不是在爆發模式下，因此我能做的事情頂多就是——

「好，凱撒，還有梅雅，你們仔細聽好。剛才我被問了兩個問題，我現在就告訴你們兩件事情：第一，華生其實是個女的；第二，加奈其實是男人啊。」

——公開驚人的情報，**大放煙霧彈**啦。

雖然這是極為低層次的手法，但正因為如此而徹底出乎了對方的預料……

「What!」

「什、什麼——！」

「遠遠遠遠遠山！オオオオ不是那樣！不是的，凱撒！我是男的啊！」

「哎呀，你說那位加奈小姐嗎？」

凱撒、梅雅、華生與蘿蕾塔小姐——又是嚇到腳軟又是驚訝得跳起來，又是生氣又是保持著一貫的溫和態度，各自表現出不同的反應。

而一臉得意地交抱著手臂的我，則是立刻用左手解開外套的扣子，將右手伸進口袋……把剛才對付妖刕時沒派上用場的煙霧彈手動引爆了。

——碰！

我的外套從內側被掀開，與空氣相同密度的白煙瞬間瀰漫室內——凱撒雖然大罵了一聲「Gosh!!」但已經太遲啦。

這可是現在也在場的梵蒂岡關係人送給我的義大利製高級武偵彈，性能無庸置疑。轉眼間，就讓現場籠罩在真正的**煙霧**之中了。

接下來我只要隔著窗簾敲破窗戶，假裝自己是從那裡逃出去……

但實際上卻是輕輕打開門，從門口消失就行了。

這招也是亞莉亞在我的房間發飆時，我經常利用煙霧手榴彈使出的伎倆。哎呀～沒想到我竟然會在一天之內感謝亞莉亞兩次呢，這可是遠山金次史上頭一遭啊。

2彈 伊・U的膽小鬼

在東南西北都搞不清楚的布魯塞爾住宅區中——我趁著黑夜逃竄著。

既然選擇了逃跑，就算被大家認定是間諜也沒辦法啦。

換言之，現在的我變成師團全員追捕的對象了。

（這也是……一種『因果報應』啊。）

多對一。追蹤。強襲逮捕。

這些都是我至今為止對敵人做過的事情。

之前對人做過的事情，現在換我嘗到這滋味了。

原本站在追捕方的我，現在變成了逃亡的一方。而且，我必須一邊逃跑——一邊查明「貞德是否真的是叛徒？如果不是，叛徒又是誰？」的真相，並加以證明才行。在這個連語言都說不通的比利時，連可以幫我翻譯的同伴都沒有，單獨一個人。

簡直就是一場超高難度的遊戲，或者說自虐遊戲啦。而且還是必須真正拚上性命的。

搞不好這是我有史以來遇過最難的難關啊。

「……」

我吐著白色的氣息，在甚至連紅綠燈的顏色都跟日本有點不一樣的深夜十字路口……張望四方。

往來的車輛、遠處的人影，在我的感覺就好像周圍全都是敵人一樣。

事實上，整個歐洲確實都有自由石匠的成員。

就算人數沒有藍幫那麼多，但我還是必須把他們的監視能力想成那個水準才行。

（我必須先找個地方藏身。可是……我該往哪裡逃啊？）

對現在的我來說，不只是眷屬，連師團都是敵人。

原本還是我方勢力範圍的布魯塞爾，一下子就變成敵陣的正中心了。這下搞不好待在眷屬的勢力範圍還比較安全也不一定。

既然如此，根據這個想法——我決定衝向目前師團最不可能會靠近的地方了。

也就是剛剛才被眷屬攻擊過的、我們原本投宿的那間飯店。

我從磚瓦堆成的街角偷偷看了一下剛才的火場……

大火已經被撲滅，幾名戴著防火頭盔的消防隊員正在積水的路上用法文交談。

因為我剛才就看過所以知道，停在那裡的消防支援車是用烏尼莫克ＲＷ１改裝成的四輪驅動卡車。是車輪超大、底盤離地很高的車種。

消防隊員們怎麼看都是一般人，毫無警戒心……

（……那我就稍微搭一下便車吧。）

於是我躡手躡腳地接近那臺消防車，鑽進車底。

躲了一段時間後，或許是其他地方也發生火災——烏尼莫克發動引擎起步了。而我則是貼在車底，一起移動。

這是在武偵高中一年級的時候會學到的「吸盤魚」，乖小孩不可以隨便模仿喔。

畢竟是緊急用車輛，消防車的車速相當快。不過，這不算什麼。我們上課時可是要貼在車輛科的江戶川老師駕駛得像在表演車輛特技的卡車底盤下啊。跟那比起來，現在這簡直就像在郊遊一樣輕鬆呢。

然而，消防車行駛了一段路後——

我側眼瞄到路面上有紅藍交錯的燈光閃過。是警車啊。

因為我貼在車底所以沒辦法確定，不過我可以看到其他車輛的輪子停下來在排隊的樣子。

（——是臨檢。要是被查到就不妙啦。）

雖然我捏了一把冷汗……但消防車並沒有跟著停下來，只是稍微減速而已，就通過臨檢站了。

看來我這招「躲在公家機關車輛」的古典脫逃手法很順利。

從時間點上來看，這臨檢應該不是為了找我而設的——不過要是我剛才選擇搭計程車移動的話，或許就會被發現了。

那樣一來，我的行動搞不好就會被自由石匠掌握到。不，一定會被掌握到才對。

畢竟凱撒說過，自由石匠就跟藍幫一樣，在警察內部也有很多成員啊。

反過來說，只要經過臨檢站的車輛中沒有看到我的身影，凱撒他們——很有可能就會誤以為我是徒步逃跑的。

從我逃出來之後到現在經過了十二分鐘，靠徒步能到達的距離是一公里圈內。不過這輛消防車已經在路上行駛了三公里，換算成直線距離是兩公里。也就是說，這裡已經是師團的搜索範圍外了。

為了保險起見，我稍微再搭了一段便車後……

趁消防車停在平交道前的時候，離開了車子。

「……」

雖然這地方並沒有像東京那樣高樓林立，不過看起來應該是一條商業街。

畢竟現在是寒冬的深夜，路上沒什麼人影……

但我想自由石匠應該遲早會採取詢問調查的手法。因此就算是一般人，我也不要被目擊到比較好。東洋人在歐洲可是很顯眼的。

（雖然這也是很古典的手法啦——）

於是我溜進停車場中……拿出蝴蝶刀，利用槓桿原理把刻有緞帶標誌的人孔蓋掀起來。

內部乾燥的空氣，以及獨特的高溫……看來這是鋪設通訊電纜用的地下道。真是太幸運了。

我本來還抱著必須走在下水道的覺悟呢。這或許也是梅雅分給我的幸運強化也不一定。

這條用磚瓦砌成的地下道，或許是過去真的被拿來當過下水道的關係……相對上比較寬敞，很方便走動。

雖然路徑複雜，但並非完全黑暗。

或許是因為維護上比較隨便的關係，每三盞中就有兩盞不亮，不過還是有緊急照明設備。

既然原本是下水道，應該就會通往大海或河川吧？為了避開人多的市街，我還是沿著這條地下道往大西洋方向移動會比較好。

話說回來……我躲躲藏藏的技巧還真是熟練啊。

雖然這主要也是多虧亞莉亞啦。

正當我想著這些事，同時根據地板的傾斜角度走向我判斷為下游的方向時——

（……嗚……！）

我停下了腳步。

在破碎的磚瓦路面前方、稍微彎過去的地方——感覺似乎有人。

因為是在轉角的另一側，讓我無法靠眼睛確認，不過距離相當接近。

對方似乎是在照明燈的斜下方。我可以看到有個人影蹲在地上。是女的。

（是電纜維修工人嗎……應該不是吧？）

雖然對方好像還沒發現我的存在，但如果那女人是自由石匠派來的追兵——就表示我的逃脫路徑已經被猜到了。若是如此，我至少也要把那女人抓為人質，要不然就沒辦法活著回到地上啦。

（首先要確認對方有沒有注意到我才行。）

於是我悄悄拔出貝瑞塔……放輕腳步……

從武偵手冊中拿出小鏡子，窺視轉角的另一側。

結果發現——

（……？）

一名白人女性坐在地上，敞開沾滿鮮血的上衣，在治療自己的傷勢。

傷口在左側腹，跟我一樣呢。不過對方有外出血，傷勢比我嚴重的樣子。

那名女性的身邊除了看似偷來的簡易醫療器材之外，還有幾件衣物與假髮……當中有些我似曾見過。

那衣服，是我遭到妖刕襲擊之後，在小巷撞到我的女人手上拿的東西。

於是我再仔細觀察了一下，那女人果然就是當時那個人。我記得那個人當時也有受傷沒錯。

「嗯……！」

女人小聲呻吟了一下，把醫療膠帶貼在似乎是她自己縫合了好幾針的傷口上。

她看起來是個典型的北歐人。

彷彿本身就會發光似的天然金髮，肌膚白皙剔透，眼睛則是翠綠色。雖然身材纖細，不過從敞開的上衣中露出來的白色蕾絲內衣包覆的胸部卻相當大。年紀看起來跟我差不多。

然而，有個東西讓我驚訝得連她美麗的外貌都拋到腦後了——

就是在石板路上的手帕上，放著兩顆子彈。

（難道她是自己把盲管槍傷的子彈摘出來後，自己縫合的嗎……！）

持有槍械的武裝人員——只要不是很菜的菜鳥，多半都懂槍傷的緊急治療。

但那原則上都是對他人，也就是為中槍的同伴或是自己開槍射傷的犯人進行治療的技術。

而且盲管槍傷的自我手術，就算在武偵高中也是只有衛生科S級的學生才會學習的高難度技術啊。

而這個女人，似乎是自己勉強進行的。

靠那些看似偷來的粗陋器材，在沒有麻醉的情況下。

然而……那手術看起來果然不完全。從出血量來判斷，傷口應該很深，也有傷到重要血管或內臟。如果不在專門的醫療機關接受正式手術，恐怕性命不保。

（……！）

更讓我感到吃驚的，是她摘出的兩顆子彈，從口徑大小與看似純銀被甲彈的光澤判斷，絕對是華生開的槍沒錯。

華生說過在飯店遭到襲擊的時候，她有開槍反擊敵人。

也就是說，這傢伙是──

（……眷屬……！）

是襲擊飯店的眷屬刺客啊。

而她受傷之後，就跟我一樣避開人群，從地底逃往下游方向。

最後在這裡體力耗盡，而決定自己處理傷口了……是嗎？

那女人雖然看起來虛弱，但意識還很清楚。現在正認真挑選著偷來的衣物與假髮，似乎是打算變裝，從師團的勢力範圍逃出去的樣子。

本來我只要在這裡把她抓到師團面前，就可以立下大功……

可是現在的我，也是逃亡之身啊。

而且對方是眷屬的攻擊人員，我不清楚她擁有什麼武器或是魔術，再加上我自己本身也被妖刕攻擊，傷勢恐怕有傷到內臟。

因此──我想我還是趁對方還沒發現，早早開溜為妙。

於是我往後退了一步……

吱！

結果似乎踩到一隻老鼠，讓牠發出聲音，從地板沿著牆壁跑上來──

「嗚哇……！」

糟糕啦。

因為在台場很少會看到老鼠，害我忍不住叫出來了……！

「──！」

那女人的身影立刻擺出防禦的動作。

（被發現了……！）

──該死。

就算我想逃，在這種狹小的地方背對敵人也只有中槍的份。

（竟然在這種狀況下，還要跟眷屬打上一場才行嗎……！）

我咂了一下舌頭後，唰！

不得已之下從轉角跳出來，把槍瞄準女人。

「──不許動！」

即使不知道語言上通不通，還是帶著威脅的意思大喊一聲──

「……！Kinji……遠山金次……！」

這女的果然是眷屬的一員而知道我的存在，瞪大雙眼表現出超驚訝的樣子。

然後……

「請、請不要殺我……！求求你……！」

用流暢的日語……

對我……求饒了？

而且還「啪！」一聲像磕頭一樣趴下上半身，並張開雙手往前伸，主張自己手上什麼東西都沒有。完全就是對我表示恭順的姿勢。

（……？）

這傢伙……在搞什麼？竟然連槍都不拔。

我還是第一次遇到這樣的對手啊。

女人金色的長髮顫抖著，接著抬起漂亮的臉蛋……

「請不要再傷害我了……！」

用淚眼汪汪的眼睛，從地面上虛弱地看著我。

那眼神別說是戰鬥的意志了，甚至連想要暗算我的感覺都沒有。

她竟然會擺出這種態度……我完全沒料到啊。這下我該怎麼辦？

「……妳剛才在上面有跟我擦身而過吧？妳就是眷屬的縱火犯嗎？」

總之，我決定保持槍口對著她，並對她說話了。

「我叫麗莎。麗莎・艾薇・杜・安克。伊・U殘黨主戰派，眷屬的代表戰士之一。」

自稱「麗莎」的白人女性抬頭看著我，祈禱似地雙手交握。

她的右手中指戴著一枚用馬蹄形的『U』字圍繞漢字『伊』的伊・U學員戒指。

……真的假的。

說到伊・U主戰派，可是企圖征服世界的超級武鬥派。

我一直都以為那理所當然地都是一群好戰分子……沒想到也有像這樣的膽小鬼啊。

話說，怪不得她日文說得這麼流利。

畢竟在伊・U，似乎是以日文跟德文做為共通語言的樣子。

「如果妳有投降的打算，就把武器全交出來。」

「我、沒有武器。」

……啥？

我訝異地皺起眉頭，觀察了一下麗莎……

確實，她敞開的上衣內側看起來並沒有藏什麼武器。

裙子雖然很長，但也看不到藏了手槍或炸彈造成的隆起。

「妳來攻擊我們住的飯店，怎麼可能手無寸鐵？是交給其他同伴了嗎？」

「我只有被分到一發對戰車砲，但那已經用掉了。也沒有其他同伴。我是被命令自己一個人戰鬥的。」

喂喂喂……

正常人會只拿一顆炸彈就攻擊敵人的據點嗎？

不過，麗莎在這種狀況下對我說謊也沒有意義。

（簡單講……就是這傢伙被當成犧牲用的棋子，像自爆式攻擊隊員一樣嗎？）

也就是說，眷屬這次攻擊的主要目標是我——而負責殺掉我的人就是妖刕。

至於麗莎則是在妖刕跟我戰鬥的時候，負責佯攻並拖住其他師團成員。光靠一發炸彈進行偷襲，接著到師團殺掉麗莎為止爭取時間就可以了。

以這樣的作戰來想的話，也算說得通。只是很殘忍就是了啦。

「我……麗莎總是被下達一些有勇無謀的命令，受過好幾次重傷。麗莎已經不願再跟隨那些人……不願再跟隨眷屬，所以就逃出來了。」

原來這傢伙是逃出來的啊。

「因此，求求你，請讓麗莎叛逃到師團——跟隨你們吧。麗莎已經無處可去了。」

在、在開打之前……就遇到正式投降啦。

在我的戰史上，這還真的是頭一遭勒。

「我還真希望妳能早個三十分鐘跟我說。」

我無奈地說著，放下槍口。

「現在我也正被師團追捕中啊。」

「咦！」

麗莎瞪大碧綠色的雙眼，發出聲音。

話說回來，她眼睛還真大呢。真不愧是白人。

「請問你也是叛逃出來的嗎？」

「不，我是被同伴懷疑成叛徒了。」

「噢噢……還真是……太不幸了。嗚……！」

麗莎忽然低下頭，縮起身子按住自己的傷口。

看來她的槍傷……很痛啊。

話說，華生對一個女人開槍怎麼這麼不留情啊？雖然那傢伙也是個女的啦。

而且兩發都正中目標，根本就是打算殺了她嘛。對於擁有什麼治外法權而允許殺人的英國武偵來說，該殺的時候就要殺掉是嗎？還真是教人欽佩的決心。

我看了一下前方的地下道，一路上都有傷口滴落下來的血跡——

這下還是想成麗莎到這裡為止的移動路徑，都已經被眷屬掌握到會比較好吧？

畢竟血液等於是一種情報庫。

不但可以從血型之類的情報判斷出那是麗莎留下的血跡，而且也可以從凝固的程度大致推斷出她經過那個地點的時間。眷屬是不可能放過這些線索的。

（這麼一來……我繼續留在這裡也很危險啊。）

於是我默默地把槍收回槍套中——

「……」

將視線從低頭忍痛的麗莎身上移開，決定掉頭走回剛才的路了。

畢竟這個地下道不只有一條路，而是有相當多分岔。我就往其他方向逃吧。

接著，背對麗莎、轉回轉角……

靠著緊急照明燈的光線，默默走著。

雖然這樣等於是丟下那個可憐的女人，見死不救——

不過麗莎已經看到我，而我卻沒有殺她滅口，已經算很仁慈了。

（……所謂的叛逃……）

在任何戰鬥組織中，都是最嚴重的重罪之一。

如果是在軍隊，多半只有被判死刑的份。

看麗莎那樣子，應該是沒辦法行動了……

（——她很快就會被眷屬找到了吧？）

一旦被找到，大概就會被殺了。

在這個又暗又髒又寒冷的地下道中。

不，以她那樣的傷勢，或許在那之前就會先喪命也不一定。

搞不好現在已經死了。

（……）

但，麗莎是眷屬，眷屬是敵人。我哪管得了那麼多？

——雖然我心中是這麼想的。

可是當我回過神來的時候……

（該死……）

不知道為什麼，我竟然又走回來了。

走回剛才的轉角處，麗莎的面前。

「……！」

聽到腳步聲而嚇得抬起頭的麗莎，見到剛剛轉身離開的我竟然又走回來，而露出驚訝的表情。

她當然會驚訝了。連我都感到驚訝啊，對我自己的老好人個性。

明明我剛才差點就被妖刕殺了，現在竟然會跑來幫助負責支援妖刕的人物。

而且眷屬應該都已經快趕到這裡了，我到底是在做什麼啊！

「我、我可不是……為了來救妳的。只是、那個……要是丟下快死的妳不管，讓妳就這樣喪命的話，我晚上會睡不好覺啦。睡眠品質可是很重要的。」

我嘴上說著這番像是被亞莉亞感染的臺詞——

從武偵手冊中拿出唯一的一支拋棄式止痛注射劑，丟到麗莎的大腿上。

「……這、這真是、太感激了……可是，請問你不是也有受傷嗎……？」

麗莎立刻就看穿這件事，而凝視著我的側腹部。看來她果然擁有醫學方面的知識。

沒、沒錯，就是這個。這就是我救她的理由啊。

像醫生或護士之類的人物，要好好留下來才行。

畢竟我也有受傷，而且逃亡的過程中不知道會發生什麼意外。

我這麼做絕不是因為出自同情之類天真的想法啊。

「妳拿去用吧。我是個男的，沒問題。話說在先，那只有 15mg 而已，無法反覆注射喔。」

事實上，被妖刕踢傷的腹部確實很痛……

不過如果身為男生還把止痛劑留給自己用，在強襲科可是會被取笑的。就給妳用啦。

只是這點程度的事情，但麗莎似乎覺得感激萬分……非常恭敬地捧起注射劑，露出閃閃發光的眼神抬頭看向我，用外國話呢喃了一句：「Bent u... van Lisa, een held（您是……麗莎的、勇者、大人嗎）……？」

「……妳說啥？」

「沒、沒事！請不要在意……麗、麗莎就心懷感激地使用了。」

麗莎用日式禮儀不斷對我低頭致謝後，使用了止痛劑。而這段時間中——

我則是從麗莎帶到這裡來的衣物中，隨便挑了一套襯衫加裙子，還有外套與長假髮，以及一副黑框眼鏡。

接著轉身背對麗莎，將那些衣物遞給她——

「我不會偷看，妳就快點換裝吧。」

說著，又拿起一件較大的外套當作包裹布，把剩下的衣服與假髮都裝了進去。畢竟如果把這些東西留在這裡，就等於是告訴別人『麗莎有變裝過』了啊。雖然很麻煩，但還是要拿到其他地方丟掉才行。

不久後……

「……麗、麗莎換好了。」

我聽到麗莎這麼說而轉回頭……很好，這下她看起來就像個普通的ＯＬ了，給人的印象跟剛才截然不同呢。

「好，我們走吧。雖然隨便移動對傷口不好，但總比被眷屬發現要來得好啊。」

我對似乎還無法起身的麗莎拉了一把後，為了搬運而把她背到背上——

「啊……」

明明在這種緊急狀況下，麗莎竟然還發出了羞澀的聲音。

看這反應，她應該很少跟人，或者應該說跟男人接觸吧？

拜託妳別做出那種少女反應啦。

「……我對歐洲很不熟，看不懂路標，連公車也不會坐。所以妳就當我的嚮導吧，為了讓我可以活著逃出師團手中。」

「好……好的。」

就這樣……

我被迫與過去曾經彼此廝殺的伊・U殘黨合作，好逃離師團、眷屬雙方的追捕了。

話說回來，麗莎的——呃，胸部啊。明明身材那麼纖細，卻只有那部分特別有肉，軟綿綿地壓在我的背上。

她似乎沒什麼肌肉，全身柔軟得要命，簡直像水枕一樣。這不太妙吧？

因為以前我就算背亞莉亞也不會有什麼感覺（不存在的東西當然就沒得感覺），讓我一時大意了。但其實背女人是相當危險的行為啊。

走在地下道的同時，我問了一下麗莎的傷勢狀況——

「多虧你給的藥，疼痛已經緩和許多了。傷口應該兩、三天就能癒合。」

結果麗莎在我背上如此說道。

「盲管槍傷怎麼可能兩天就癒合啦。」

「我、麗莎……傷口癒合的速度比較快。雖然不到遠山大人打倒的那位德古拉伯爵・弗拉德那樣可以無限回復的程度，但還是比一般人癒合得快。而且不會發生像腹腔內黏著等等的併發症，也不會留下傷疤。」

「妳是、魔女嗎？」

「沒有到那種程度……只是有點像特異體質罷了。」

雖然很難讓人立刻相信，不過說到特異體質的話，我也有啦。

而且高速回復之類的能力，我也在弗拉德身上見識過更高等級的東西了，事到如今好像也沒必要感到驚訝。

(原來如此，所以她才會在戰役中被眷屬那樣粗暴對待啊。)

被當成不管怎麼中刀中槍都不會有什麼大礙的犧牲用棋子。

畢竟我最近也常常會被同伴抱著「既然是金次，應該沒什麼問題吧？」的心態送上死線，所以關於這一點我是很同情她啦……

「——遠山大人，請從這裡上去吧。」

忽然，麗莎指著通往地上的縱穴如此說道。

「妳說這裡？這上面應該是市街喔？」

「是的，這裡應該是通往斯哈爾貝克車站的正後方。麗莎覺得……利用鐵路離開布魯塞爾是不是比較好？」

「搭電車？妳打算逃到哪裡啊？」

「遇到這樣的狀況下，與其待在士兵集結的前線……還不如深入某一方的壓制圈中，躲藏在空白地帶會比較安全。」

唔……

「看是要前往眷屬勢力範圍的南方・法國方向，或是師團勢力範圍的北方・荷蘭方向——雖然可以二選一，不過現在布魯塞爾是師團的勢力範圍，既然遠山大人被懷疑與眷屬私通，那麼通往眷屬勢力範圍的法國方向應該會被監視才對。」

呃……這傢伙。

腦袋不錯嘛。

思路井然有序，講出來的話相當合理。

雖然我有些話想問，不過現在還是先閉嘴聽她說說看吧。

「遠山大人看在眷屬眼中是敵人，而麗莎的脫逃明顯是背叛行為。就算我們順利躲過師團的監視，逃到法國，萬一被眷屬發現的時候應該還是會被殺吧。相對地，遠山大人的逃亡頂多只是有嫌疑……只是遭到懷疑而已。如果潛伏在荷蘭的這段時間中，可以找出真正的內奸——雖然麗莎並不知道是誰——遠山大人的嫌疑就可以被解除了。再加上，麗莎也有向師團投降的意思。」

「也就是說，考慮將來的話……往荷蘭逃，兩個人都有機會可以活下去是吧？」

「是的。更何況，麗莎是荷蘭出生的，對荷蘭的地理與文化相當熟悉，對於能夠躲藏的地點心中也有個譜。」

……這種把決定性的關鍵放到最後提出來的手法，也很高明呢。

而且我一邊聽也一邊觀察她的聲音，感覺並沒有要暗算我的意思。

就只是一個腦袋真的很聰明的女孩，為了讓兩人能順利逃跑而提出最好的選擇而已。

雖然她用名字稱呼自己的這個習慣，讓人覺得有點呆啦。

「……到這邊我都理解了。但是，既然要搭電車就會在車站之類的地方被人看到吧？像我這樣的東洋人很引人注目，這樣會讓我們的行動被自由石匠掌握到囉？」

「這點麗莎也有考慮到。因此請你用這個變裝一下吧。」

麗莎說著，把她背在背上的外套包裹從背後遞到我面前。

「這裡面只有女性的衣物吧？」

「只要你扮成女性，就可以騙過師團的監視了。」

「唯獨這一點，我絕不幹。」

「麗莎能明白你討厭的心情。但是，遠山大人，從布魯塞爾脫逃出去的這一段路，是逃亡計畫中最初也最大的難關呀。」

畢竟這也攸關自己的性命，麗莎在我耳邊說話的聲音相當認真。

「……這我是、知道啦……可是……」

「請你把生命跟面子放在天秤上衡量，再考慮一下究竟哪邊比較重要吧。」

——啊～受不了！麗莎這女人，口才真的一流啊。

在深夜中寒風刺骨的斯哈爾貝克車站——

既沒有車站人員，也沒有剪票口。

如果想要坐霸王車，隨便都可以坐，但麗莎似乎沒那打算。她將靠著止痛藥效果而勉強可以走動的身體，倚靠在有點骯髒的觸控式售票機上，購買著車票。

然而這裡並不是像日本那樣只要選擇票價就好，而是必須選擇目的地、車輛等級、優惠套票的有無等等，非常花時間。而且為了防止不當使用，還要自己用印字機印上進入車站的時間才行。

在這段時間中，就有兩、三名其他的乘客……還有騎著自行車的女性警官經過我們面前……

就跟剛才一樣，我忍不住會覺得每個人都是自由石匠的部下啊。

（——要是在這邊被找到，就ＯＵＴ啦……）

我接著攙扶手中拿著超大張車票的麗莎走上月臺，「快來啊、快來啊」地祈求電車到來，可是……電車卻遲遲不來。

雖然因為是深夜，四周沒什麼人，但並不是完全沒人。

要是我們不趕快逃走的話，就很危險的說。

但翻動式的古老告示板上，卻在開往阿姆斯特丹的國際電車預定到站時刻後面加上了『＋10min』這種教人傻眼的數字。

而且它接著又「啪啦啪啦」地翻動一下，變成『＋15min』了。

該死，為什麼電車可以遲到那麼久啦？

「遠山大人，請不要一直去注意時鐘跟時刻表，會被人起疑的。在歐洲，電車晚到是常有的事情，有時甚至——」

「——日本的新幹線光是晚到三十秒就會向乘客道歉啦。該死，為什麼你們歐洲人可以這麼散漫啦……！」

我壓抑著急躁的心情，在寒風中等了好一段時間……

總算，電車來了。

電車前端就像狗鼻子一樣醜，外觀髒得像是整整一年沒清洗過一樣，呈現混濁的黃色。這種車有辦法開到荷蘭嗎？

不過……因為是夜行列車，車廂內基本上都空空蕩蕩的。

對於正在逃亡的人來說，真是再好不過了。當中有分成頭等車廂跟次等車廂，而次等車廂甚至有些根本沒乘客呢。

而麗莎買的就是次等車廂的車票。

正當我覺得「真是太幸運啦」的時候——

「深夜電車中治安也不太好，多半的人為了讓東西不要被偷，會選擇頭等車廂。因此我們就坐乘客比較少的次等車廂，還請你多包涵。」
看來這一點本來就在麗莎的計畫之內。
不愧是在地人，真內行啊。
麗莎打開按鈕式的自動門後，我們就坐進雖然內部也很髒，但至少巨大得看起來很有力的電車中……
「……」
來到無人乘坐的次等車廂中，最後端的包廂座位內。
這下總算可以離開滿是敵人的布魯塞爾啦。
雖然我很想這樣鬆一口氣啦，但是……
我映在窗戶上的模樣……嗚嗚。
看起來都變模糊啦。因為我眼眶中的淚水。
而麗莎則是在我對面的座位上「呼」地嘆了一口安心的氣後——
「話說回來……你真是mooi（漂亮）呢，遠山大人。看起來就像個美女一樣。你非常有才能喔。」
對扮成女人的我露出一臉微笑。
那可愛的笑容，我還真希望在別的情境下看到呢。畢竟妳才真的是個美女啊。
（……讓我死了吧……）
滿臉通紅地垂下頭的我——

已經用麗莎帶來的女用長風衣與假髮徹底變過裝，變成麗莎所謂的波斯美女了。為了配合我的髮色，以黑色為基礎進行變裝，設定上則是三代前從中東移民過來的有錢人。而麗莎就是我的祕書。

加上麗莎現在的打扮，是啦是啦，看起來真有那麼一回事啦。我就像眼神比較凶的梅德爾一樣，是個美女了啦。

看來我跟大哥一樣，擁有我根本不想要有的才能。咱們果然是一家人啊。

「請問化名要如何呢？」

就在麗莎如此問我……

「妳來取吧。我根本想不出有什麼名字適合這種像黑梅德爾一樣的外表啦。」

而我隨口敷衍她的時候……隆隆……

列車出發了。

在開往郊外的車廂中，我們沉默了一段時間……

「我們彼此在布魯塞爾都遇到很不幸的狀況呢。為什麼麗莎會遇上這種事……」

一臉沮喪的麗莎忽然用沒什麼精神的聲音對我搭話了。

「……我的情況先姑且不說，但妳根本是自作自受吧？誰叫妳要加入眷屬——那群壞蛋之中。」

「原來眷屬是壞蛋嗎？」

「那當然。」

「可是麗莎在眷屬中聽到的卻剛好相反呢。」

「反了啦，反了。眷屬是壞人，而師團是好人啦。」

「那麼，被師團追捕的遠山大人就是……」

「還用說嗎？既然被好人追捕，當然就是壞……嗯……？不、呃、該怎麼說……」

可惡，她腦袋真的很好啊。

不過，從剛才這段對話，以及自己現在的狀況……我總算明白了。

講得極端一點，其實從小孩子吵架到世界大戰，都不是用誰善誰惡的二分法可以分清楚的。之所以會發生爭鬥，就是因為雙方都認為自己才是對的。

就連祖孫代代都被稱為正義使者的遠山一族……

身為後代的我，也像現在這樣背負了「叛徒」的罪名啊。

「……」

看到我閉上嘴巴，垂下頭的樣子——

「……不過，遠山大人。對麗莎來說，遠山大人是好人呢。因為你不顧自身的安危，拯救了瀕死的麗莎呀。」

麗莎將手輕輕放在我被風衣遮蓋的大腿上，對我露出溫柔的微笑。

然而，她的表情——頓時又僵硬起來了。

（……？）

於是我順著麗莎的視線，看向通往前一節車廂的門口……

便看到一名身穿深藍色制服、看起來應該是車掌的肥胖白人男性，正走向我們的方向。

「——是查票。請交給麗莎應對吧，遠山大人裝作在睡覺就可以了。」

麗莎小聲對我如此說道，接著伸直背脊，對邁步走過來的車掌——輕輕點頭示意後，遞出兩人份的車票。

（太大意了。原來歐洲的鐵路雖然沒有剪票口，但是會查票啊……！）

我為了不要被看到臉，而低下頭……一邊裝睡，一邊微微睜開眼睛，從假髮的縫隙間窺視狀況。

車掌確認完車票，「啪」地在票上打洞後——

「那位女性呢？請問是身體不舒服嗎？」

因為是用法語，所以我聽不懂他在說什麼，不過好像是在講我的事情。

「不是的，請不用在意。她只是在睡覺而已。」

麗莎將豎起的食指左右擺動，做出否定的手勢。

「……下一站就是荷蘭境內了。可以只請那位女性讓我看一下護照嗎？」

不妙……！

我好像聽到「Passport（護照）」這個單字了啊。

畢竟是外觀上明顯是個外國人的我打算要跨越國境，所以車掌才會保險起見，想要確認一下我的身分吧？雖然我是有日本的護照，但要是被看到會很麻煩啊。

就在我額頭冒著冷汗，為了預防萬一而把注意力放到貝瑞塔上的時候——

「——您說『只請那位女性』，請問您這是靠外表在判斷一個人的國籍嗎？這位女士祖孫三代都是荷蘭人，是貝爾蒙特B・V的首席營運長，同時也是為了我們這些基層員工著想而搭乘次等車廂節約開銷的節儉人士呀。如此優秀的人物正在休息養神——我絕不允許你做出吵醒她的無禮行為。」

麗莎一句接一句地說著……這次好像不是法語，是荷蘭語嗎……？而車掌似乎理解了她的意思——

「這真是……非常抱歉。祝妳們旅途愉快。」

小聲說著並點了好幾下頭後，轉身離開。

……太好啦。

總算平安度過難關了。

等到車掌離開並經過了充分的時間後……

「……真是幫上大忙了，謝謝妳。你們剛才是在講什麼啊？」

聽到我如此詢問——麗莎就像錄音一樣一字不差地重現剛才的對話，並翻譯成日文給我聽了。好強的記憶力。

「……原來是這樣。我看妳好像在跟他吵架，害我緊張了半天啊。」

「麗莎從車掌的名牌上知道他是荷蘭人了。荷蘭是個白人、黑人、阿拉伯人——各式各樣的人種共存的國家，因此規定種族歧視是一種犯罪行為。麗莎就是先強調了這一點，取得主導權的。」

「……原來如此。不過妳把我設定成一個小氣的人物又是為什麼？」

「在荷蘭，小氣其實是一件好事。這個國家的文化認為用節約下來的金錢幫助有困難的人是一種美德。因此麗莎就利用我們乘坐次等車廂的事情——提升遠山大人在車掌心中的印象，同時間接證明你是一位荷蘭人了。」

沒想到她竟然在那麼短的一瞬間內……就想出了如此高明的手法。實在了不起啊。

而且不只是這樣。麗莎剛才的語氣在途中忽然變得很歇斯底里，巧妙地扮演成在日本也常常會見到的「麻煩的控訴客戶」。我想那位車掌應該不會想再跟麗莎扯上關係了吧？

「妳腦袋還真聰明啊。」

我稍微稱讚了一下——

「咦、咦……才、才沒有那種事，你過獎了啦。」

結果麗莎紅了白皙的臉頰，對我用力擺手。

那擺手的方式，也跟剛才對車掌做過的動作不一樣——是將雙手的手掌放在胸前擺動，是日本女孩子在否定時會做的動作。大概是因為對象是我——是日本人的關係吧？

對於博學又聰明的麗莎稍微提升了信賴度的我……

畢竟現在的同伴只有這傢伙，而為了能順利合作、逃出師團與眷屬的手中，因此決定向她確認其他的能力了。

「我說，妳除了腦袋之外，還有什麼其他強項啊？既然妳曾經待過伊・U，就表示妳應該擁有什麼戰鬥方面的能力吧？就算跟直接戰鬥無關，至少也會有駕駛、通訊或飛彈工學之類的——」

聽到我如此詢問……

麗莎這次換成有點愧疚地把視線轉向下方了。

「不……呃、麗莎擁有的並不是那種跟戰鬥有關的能力……而是、會計……」

「會計？」

「麗莎在伊・U擔任的是會計師，負責燃料或武器彈藥的價錢交涉、購買設備或糧食、管理庫存等等工作。」

會、會計師……！

這下失算啦。

姑且不論頭腦好壞，在戰力上根本就是抽到下下籤了嘛。

如果是像弗拉德或佩特拉之類的強者脫逃出來，然後跟我組隊的話，安全度還比較高的說。

「其他呢……妳還會做什麼？」

「麗莎也做過護士跟藥劑師的工作。不過畢竟不是像小夜鳴弗拉德那樣的醫生，所以能做的事情很有限就是了。」

我看過她剛才的自我手術，本來很期待她那方面的能力，但其實她能做的也很有限啊……

果然她那只是依賴自己的高速治療能力進行的亂來手術罷了。

「其他呢？」

「要說是其他嘛，其實麗莎最主要的工作……不管在伊．U還是眷屬，都是負責料理跟洗衣服的。因為麗莎原本就讀的是位於阿姆斯特丹的女僕學校。」

「女、女僕學校……」

會計、護士、女僕小姐。

看來麗莎真的不會其他的事情——也就是戰鬥方面的技能，像格鬥、刀劍、槍術或魔術等等——而感到相當愧疚地翻起眼睛，沉默下來……

這下我也只能閉嘴啦。

確實啦。就算在軍隊中，也是有廚師啦、音樂家啦、辦公人員等等，跟戰鬥沒有直接關係的人……而麗莎在伊．U或眷屬中，就是那樣的存在是嗎？

「既然這樣，妳為什麼會加入伊．U的主戰派啦……」

「那是伊．U來到北海的時候，邀請我加入的。聽說我的祖先當中……曾經有過很強的人物。」

「但妳不一樣吧？為什麼還要繼續待在那個武鬥派組織裡啦？是被監禁了嗎？」

「不，那是麗莎自己拜託，請他們讓麗莎留在伊．U的……麗莎當時抱著期待，或許留在那艘船上，就可以遇到我命運中的勇者大人呀……」

「……勇者大人？」

「我的一族——艾薇・杜・安克家族代代的女人都會侍奉各自的勇者大人……也就是武人，好在戰亂的時代中也能毫髮無傷地存活下來。真心誠意地為武人付出，成為對那個人有用的女人……進而受到寵愛、受到保護，一路生存下來。」

「該怎麼說……那還真是複雜的生存方式啊。」

「如果用日文簡單說明的話，就是將『便利的女人』這樣的精神發揮到極致的一族了。」

「……」

「然而，一方面也是因為伊・U主戰派中多半都是女性的關係，麗莎一直都沒有遇到優秀的武人可以成為讓麗莎侍奉的勇者大人。明明祖母大人、母親大人都邂逅了那樣的人物……為什麼麗莎就是遇不到那樣的人呢？麗莎曾經為了這件事情，在船上的被窩中夜夜哭泣呢。」

麗莎，妳那是……

雖然是我不太熟悉的領域，但那應該就是所謂的「白馬王子願望」吧？

深信總有一天會遇上自己的命運中人，而痴痴等待的類型。

而她的一族代代都在做那樣的事啊。

「與其每晚以淚洗面，改變自己的生存方式不就好了？丟掉那種像昭和時代少女漫畫的思考方式……難得都加入伊・U了，何不試著反過來讓自己成為女勇者，保護男人之類的呢？」

我對沒有戰鬥力的麗莎帶著有點抱怨的意思說道。結果——

「不行呀，麗莎不想戰鬥。麗莎絕對、絕對不想受傷呀。」

麗莎卻隔著衣服撫摸自己的槍傷，頑固地如此堅持著。

我與麗莎輪流補眠，坐著列車沿平坦的鐵道一路北上。

窗外尚未天明，偶爾可以看到的車道上亮著橘黃色的路燈。

根據博學的麗莎說明，那是因為橘黃色的光線即使不用點得很亮，人類的眼睛也可以看得清楚，所以能達到節約能源的目的。

雖然在日本的路燈都是白色的，不過這樣的景象也別有一番風情啊。

「還要多久才會到荷蘭啊？」

在交班的時候，我不經意地對麗莎如此呢喃。結果——

「這裡已經是荷蘭了喔。剛才車掌來的時候，我們就已經越過國界了。」

「……？可是我看不到什麼鬱金香跟風車啊？」

看到我把臉靠在窗戶上，環視黎明前的風景，麗莎便可愛地輕輕笑了一下。

「遠山大人，現在是冬天呀。如果到了春天，你就可以欣賞到鬱金香花圃一路延伸到地平線的風景了。另外，遠山大人想像中的——所謂『風車小屋』，已經是過去的東西，現在荷蘭國內也很少看到了呀。」

「是、是那樣啊？」

「不過——請看，那片樹林的對面。那就是現代的風車了。」

麗莎將漂亮的臉蛋靠向窗戶，差點與我的臉頰貼在一起，害我忍不住嚇了一跳。

不過——

我看到地平線上風力發電機的影子，而苦笑了一下。

那跟台場空地島上的東西是同一類型，我早就看慣啦。總覺得有種鬆了一口氣的感覺呢。

「在荷蘭，風車小屋從以前就是拿來發電的嗎？」

「哎呀，荷蘭的風車是十二世紀就存在的東西喔。」

「那就是，呃……拿來磨粉的？」

「確實也有拿來磨粉沒錯，不過風車最重要的工作，是『擴張國土』呢。」

「擴張國土……？用風車？」

「在荷蘭有句諺語是：『天地雖然是神創造的，但荷蘭是荷蘭人創造的。』我們荷蘭人搭建了幾百公里長的堤防，用好幾萬座的風車做為動力排除海水，花上好幾百年的時間才得到這片土地。像這裡的海拔高度，已經是海平線以下了呢。」

炫耀著自己國家的麗莎，美麗的臉龐上露出微笑。

大概是因為回到荷蘭——回到自己的國家，而感到很開心吧？

仔細觀察一下，確實可以感受得出來這個國家是靠抽水、灌溉等方式，人工創造出來的。從左右兩側的車窗不管看向哪個方向，遠方的地平線都看不到山脈。

這樣就跟填海造地出來的台場一樣，沒有東西會阻擋吹進來的風了吧？

——原來如此，我總算理解荷蘭為什麼會成為風車之國了。親身來到這裡，才第一次明白這件事啊。

所謂的旅行，就是可以讓人增廣見聞呢。即使這是一場逃亡之旅也一樣。

因為這裡的緯度比北海道還要高的關係，早上八點過後的天色依然昏暗。

我與麗莎平安抵達了荷蘭最大的都市——阿姆斯特丹。

我們從因為外觀而被暱稱為『Dog Nose（狗鼻子）』的黃色電車上走下來後，在對我來說搞不清楚東南西北的阿姆斯特丹中央車站——身為在地人的麗莎毫不遲疑地邁步走了出去。離開磚瓦建造的車站，走在石板路面有些凹凸不平的街上。

天氣，多雲。氣溫……應該是零度以下吧？寒風讓我的左側腹隱隱作痛。

與布魯塞爾一樣，這城市的街景也是許多充滿童話色彩的建築物緊密相連著——不過每一棟建築物都看起來比比利時的要來得大。正當我疑惑著為什麼的時候，看到走在路上的荷蘭人們就讓我立刻獲得解答了：因為人很高大啊。

根據麗莎的說法，這個國家的平均身高是世界最高的。男性有一八四公分，女性有一七一公分。

要是亞莉亞過來的話，何止是小學生，搞不好會被認為是幼稚園生呢。簡直是個巨人之國。

「……果然不愧是大都市，人還真多啊。」

我走在跟巴黎一樣『雖然漂亮但不整潔』的街道上——吐著白色的氣息對麗莎如此呢喃。

「是的。因此是不宜久留的地方……不過這裡畢竟是鐵路網的重鎮，比較容易拿到彈藥或醫療用品。所以為了補給，麗莎才會選擇先到這裡來的。」

看來麗莎雖然疲憊，但還是很認真在思考逃亡路徑的樣子。

我們從車站稍微往東走了一小段路後，麗莎轉入一條看起來很有歷史的狹窄小巷——

接著緩緩推開一扇裝飾有古老雕刻的黑色門板。

我一時之間還看不出那是什麼建築物，不過裡面有一間接客大廳。看來這裡是一間比較沒有人會來住的簡易飯店。

麗莎跟大廳人員交談了幾句後……

「麗莎趁現在先去購買一下物資。白天的時候人會比較多，那段時間我們就休息一下吧。」

她說著，將201號房的鑰匙遞到我手上。

於是我與麗莎暫時分頭後，搭著一臺老舊的電梯來到二樓——以日本來講應該是三樓的房間中。

「……」

我將自動上鎖的房門關上，這才總算感到鬆了一口氣。

師團的那群人應該萬萬想不到，對歐洲沒有地理概念的我——竟然可以這麼快就逃到別的都市、躲進沒什麼人會知道的飯店裡吧？

話雖如此，我還是盡量避人耳目比較好。畢竟在各種意義上，我都不希望這身打扮被人看到啊。

於是我為了保險起見，打算拉上窗簾的時候……

（……嗚……！）

忍不住對窗外的景象瞪大了眼睛。

窗外是一條水質混濁的狹窄運河，有白鳥悠閒自在地游在水面上——

不過在運河的對面則是一整排剛才看到的童話風格建築物……每一棟的一樓都裝飾著紅色的吊燈或霓虹燈，外牆是一整片的落地玻璃窗……

每一扇玻璃窗中都有漂亮的白人大姊在對路上的男人們又是招手又是拋出飛吻，大家身上都沒穿衣服，只穿著五顏六色的內衣，煽情至極。

就算是我——

也大概明白那片情景代表的意義了。

雖然當中也有幾扇緊緊拉上窗簾的落地窗，不過在那看不見的室內究竟在進行著什麼夢幻的行為──我、我一點都不想去猜啊！

（如果是武藤的話，應該會欣喜若狂地跑去逛吧？）

趕緊將窗簾拉上的我──

總算可以把假髮拿下來，脫掉女用的風衣……癱坐在床上。

在別的意義上，我也變得不想在這裡久留了啊。

這麼說來，除了風車與鬱金香之外，關於荷蘭我還知道另一件事。

那是以前武藤本人告訴我的。

在這個國家，很多在別的國家違法的事情都可以合法進行。

包括麻藥、安樂死、同性結婚或是剛才那樣的事情。

說真的──自從香港以來，國外的風土民情總是讓我驚訝不已啊。

正當我們在飯店享用著麗莎買來的漢堡王雙層華堡時──

「遠山大人，你好像從剛才臉色就不太好呢。請問是傷口會痛嗎？麗莎買來的止痛劑沒有效果嗎？」

麗莎從小小的圓桌對面一臉擔心地探頭看著我。

順道一提，這位麗莎竟然把漢堡放在房間裡準備的盤子上，用刀叉進食。還真是有夠端莊的。

「……化學藥品對我的體質沒什麼效果啦。不過妳別在意。」

雖然我的側腹部確實又腫又痛，但我感到更恐怖的是運河對面的那條街啊。

然而，我能夠對身為女性的麗莎講這種事嗎？不，我不行。

因為太過恐懼的關係，害我忍不住在腦內用反問句嘀咕了。

「既然這樣，要不要麗莎到附近的咖啡店買 hemp 過來呢？」

「hemp？那是什麼？」

「就是大麻。是自然摘取的藥物喔。」

「我不要！」

那就算是「藥」，也是麻藥啊！

可是，看到我大聲拒絕的樣子——麗莎卻露出了驚訝的表情。對了，這裡不是日本啊。我在香港也有過經驗了，在國外，像這種事情要好好說明清楚才行。

「……抱歉。在我的國家，那種玩意是違法的。總之我不需要就是了。另外，這個拿去。不好意思，我沒信封可以裝給妳，不過這是昨天的車票、今天妳買來的藥、食物、子彈跟這間旅館的住宿費。」

畢竟兩人都已經用完餐了，於是我拿出錢包，抽出三百歐元遞給麗莎。

唉……這下我手頭上的錢幾乎都花光啦。

或者應該說，我本來就夠窮了。多虧那白痴老弟（GIII）把臼敲壞的關係。

「不，請不用給我錢沒關係。因為麗莎的性命是遠山大人拯救的呀。」

「不要把那種事列入計算。要是沒有妳，我現在搞不好就在布魯塞爾上吊了也不一定啊。不把帳算清楚的話，我會很不自在的。」

我說著，把鈔票硬塞給麗莎……

「我、我明白了。那麼——」

於是麗莎也拿出一個繡有金色野狼的錢包，找零給我……

……喂，這找零整整有一百五十二歐元啊。

花的金額是我隨便估算的一半以下，怎麼可能會那麼便宜啦？

「喂，麗莎，我雖然沒有要妳完全不對我客氣的意思，但金錢方面還是好好算清楚吧。我即使是個貧窮武偵，但我可沒有落魄到需要別人用這種方式賞我錢啊。」

我說著，打算把鈔票再遞回給麗莎。可是……

「不、不是的。實際上真的只花了那些錢呀。」

「雖然原本就是我多給妳錢，講這種話也很奇怪，但妳這樣我可是會生氣的喔？」

「麗、麗莎可以看出同樣的東西在哪一間店買會最便宜的。藥物也可以找到同樣效果但比較便宜的東西。在可以殺價的店，麗莎絕對會殺到七折以下。漢堡也是買有套餐優惠的東西呀。」

麗莎畏畏縮縮地拿出應該是她買東西時有習慣領取的收據給我看。

還真的……全部的東西都買得很便宜呢。從車票到子彈。

而我們確實搭乘了電車，藥物當中也沒有假貨。我要求的9mm子彈的收據上，甚至還有看似賣方寫上的——將售價減到三分之一的計算式。

「……妳還真了不起啊。剛才真是不好意思，我道歉。」

因為在金錢上發生爭執讓我感到很羞愧……於是我用日式禮儀，對麗莎深深低下頭。

結果麗莎滿臉通紅地對我擺動手掌……

「不，請你快把頭抬起來吧。」

慌慌張張地對我說道：

「大家都會被麗莎的這個嚇到一次的……但畢竟優秀的女僕必須要很懂得購物才行。以前在伊・U的時候，麗莎曾經靠兩折的價格購買到核燃料。來伊・U賣武器的昭昭小姐每次看到我，都會露出感到討厭的表情呢。」

麗莎說著，「呵呵呵」地笑了出來……

而我立刻就想像到昭昭露出「噁！」的表情的模樣，也忍不住輕輕笑了一下。

該怎麼說？總覺得麗莎其實也算很可靠的夥伴也不一定。

雖然她在電車上說自己完全沒有跟戰鬥相關的能力，但其實有嘛。她這也算很優秀的援護射擊啊。畢竟花同樣的裝備費用——可以讓我發射三倍的子彈數目呢。

3彈　在退路的盡頭

從據說東京車站的外觀是參考這裡建造的阿姆斯特丹中央車站出發後——

我們花了半天的時間轉乘好幾班電車與巴士，最後來到荷蘭的一處鄉下地方——布爾坦赫。

在明明才下午四點就已經漸漸昏暗的多雲天空下……

「麗莎小學的時候曾經來這裡遠足過。這裡是在荷蘭相當偏僻的小鎮，就算是師團也應該不會立刻調查到這裡來的。畢竟自由石匠是個都市型的祕密結社，聯絡網並沒有延伸到這種鄉下地方。」

腹部的槍傷似乎已經痊癒的麗莎，很有精神地對我說明著。

「這小鎮竟然有護城河啊……而且形狀好像很奇怪？」

「從上空看下來的話，是呈現星星形狀喔。那是在十八世紀連侵略者拿破崙・波拿巴的猛攻都無法攻破、荷蘭最堅固的要塞都市之一呢。」

要塞都市——原來如此，所以麗莎才會選擇這裡做為藏身處啊。不愧是為了戰爭而建造的小鎮，仔細觀察就可以發現道路的設計很適合隱密行動。

我們走過護城河上的橋，進入這個星型的小鎮——

這裡雖然說是鄉下地方，但也沒有像日本的鄉下那樣因為人口流失而近乎廢墟，反而相當有規模。治安感覺也不錯。

在城鎮中心有一棟尖塔看起來很華麗的教會。我們來到那教會附近的磚瓦建築咖啡廳後——

「這裡有幾間空房子，麗莎這就去挑選適合的住處。遠山大人請暫時在這裡等候一下。」

麗莎留下這句話，就走到寒冷的屋外了。

（那傢伙……還真是勤奮啊。）

我在店內坐到位子上後，用手指著菜單點了一杯卡布奇諾，喝進肚子取暖。

因為我扮成女人的關係，沒辦法隨便跟店員講話，實在有點不便。大哥在加奈的狀態下雖然可以連聲音都改變得很完美，但那其實是類似理子的變聲術，相當高難度啊。

一方面也是因為來到安全的小鎮而感到放心的關係，就在我忍不住開始發呆起來的時候……

原本在店內的三名老客人忽然拿起咖啡杯跟菸灰缸，走到店外去了。

外面明明那麼冷，為什麼要走出去啊？

「……？」

我隔著老舊的木框窗戶望向外面，就看到老人們坐到一張青銅製的餐桌旁，開心地仰望著西方的天空。

澄紅色的夕陽從厚厚的雲層縫隙間隱約探出臉來。

店員這時從吧檯的對面，一開始用荷蘭語，接著用英文對我說話——

雖然我大部分都聽不太懂，不過還是多少聽出了「Dutch weather（荷蘭的天氣）」等等單字。

荷蘭似乎是個到了冬季就經常多雲的國家，因此冬天時只要稍微有點陽光，大家就會到屋外晒日光浴的樣子。感覺店員應該是對我這樣說明的。

於是我也跟著來到屋外——

確實因為氣溫稍微升高的關係，陽光讓人感到很舒服呢。

（反正這裡應該很安全，我就去稍微逛一下小鎮吧。）

畢竟是這麼小的城鎮，不用擔心會跟麗莎走散啊。

布爾坦赫是個安靜的小鎮……

磚瓦建造的屋子保留著中古世紀的特色，每一棟的設計都有如西洋童話裡的場景般可愛而精緻。即使是對建築沒什麼興趣的我，逛起來也覺得很有趣。

麗莎在電車上有說過，荷蘭的文化對於食衣住行中最重視的似乎就是「住」，而這片景觀確實讓人有那樣的感受。

我一邊享受著陽光一邊散步——就在護城河的內側、呈現箭矢形狀凸出去的一座高臺上——看到了一如我過去想像中的木造風車小屋。

雖然那感覺有點小而老舊，不過確實在轉動。可見它被維護得很好。

我接著湊近觀察，發現那風車到處都有根據風向與旋轉速度進行調整的齒輪與鎖鏈。看來風車是比我想像中還要精密的設備呢。

「原來你在這裡呀。」

就在我參觀著風車的時候，忽然從背後傳來日文……麗莎的聲音。

「哦哦，抱歉我擅自移動了。因為陽光露臉的關係，我就學荷蘭人一樣出來走走啦。」

我轉頭一看，發現在麗莎的背後、遠處的夕陽下——

有像葉片一樣的東西在空中飄飄飛舞著。

那不只是一片、兩片，數量相當多，排成隊伍往西邊飛去。

「那是……什麼？」

看到我皺起眉頭，於是麗莎也跟著看向西方的天空……

「哎呀，那是克拉克斑蝶——是遷徙蝶的一種呢。牠們到了冬天，就會渡海遷徙到英國。雖然大半都會因為寒冷的氣候而耗盡體力，不過還是會有一部分存活下來……等到春天，下一個世代又會飛回荷蘭。」

看到自己國家的季節風景，麗莎開心地對我說明著。

接著，她又把頭轉回來，朝背對著風車的我露出微笑。

「——房子已經順利租到了。靠麗莎手頭上的資金，可以借住一個月左右。那是很棒的一間屋子，相信遠山大人也會喜歡的。」

照麗莎的個性，她那開心的表情，一定是代表租金交涉很順利的意思吧？

不過，畢竟我還是覺得住進去卻不花錢很不好意思。於是——

「雖然金額不多，但這些妳就拿去吧。當作是補貼租金，還有生活費用。」

我走到麗莎面前，把我身上幾乎所有的金錢都遞給她了。

「不、不用了，這太多了呀。」

「妳就收下吧。我也有我的想法。畢竟我是變裝的身分，也不像妳那樣會買東西。雖然這裡似乎是個安全的小鎮，但畢竟我們還在躲避師團跟眷屬。要是我們不懂得利用彼此的長處互相合作，鐵定沒辦法存活下去啊。」

麗莎聽到我這麼說，瞪大碧綠色的雙眼抬頭看著我。

「所以今後——沒有戰鬥能力的妳負責生活方面，沒有生活能力的我負責戰鬥方面，兩人分工合作吧。雖然說，這樣感覺有點像是先借用了妳的能力啦……畢竟現在的我頂多只能當妳的保鑣而已，不好意思。」

面對感到有點愧疚的我，麗莎她……嗯？

怎麼好像露出驚訝的表情了？而且還滿臉通紅呢。

接著又像感動至極似地，全身僵硬起來。到底在搞什麼？

話說，女孩子的這種表現……我好像曾經也有看過……啊，我想起來了。

就是我之前送戒指當禮物給亞莉亞，然後套到她左手無名指的時候。

還有我為了雇用白雪，而送她花束的時候。

畢竟那兩人後來不知道為什麼又是在噴水池中溺水，又是站直著身體昏過去，行動都變得相當異常，害我現在也忍不住緊張地觀望著麗莎的反應。結果——

「……原來夏洛克大人就是條理預知到這件事情了嗎……」

曾經待過伊・U的麗莎，呢喃了一句教人意外的話。

條理預知。

那是夏洛克的特殊能力，也就是精進昇華到預知等級的推理能力。

我還來不及因為那個詞而皺起眉頭之前……

「遠山大人，在兩人進入家庭之前，麗莎必須先向你請求一件事情。」

麗莎緩緩將雙手互握在豐滿的胸前，宛如祈禱似地低下頭。

「——請您成為我的主人吧。」

什……什麼？

主人？那是搞什麼？

聽到與亞莉亞過去曾經對我說過的『我要你當我的奴隸！』完全相反的委託，我忍不住眨了好幾下眼睛。

「在伊・U，因為無法遇到命運中的勇者大人而感到苦惱的我……曾經受過夏洛克大人的指點。他當時對我說，我註定要侍奉的對象會來自東方，此人眼神有些凶惡，講話語氣冷淡，還是個花花公子……」

喂，夏洛克……

「夏洛克大人也有條理預知到麗莎迎接那位人物的命運之時，是『在天空看到遷徙蝶的時候』。就是現在，我終於邂逅了命運中的勇者大人呀。」

呃……

我根本不是「勇者大人」那麼偉大的人物，甚至是個在偏差值低於五十的高中也會受到懲處的劣等生啊……

不過就算我想耐心說明這些事情，麗莎也已經擅自把我當成了自從她懂事以來就夢寐以求的「白馬王子」——因為這場相遇，甚至感動到眼眶都浮現出淚水。

如果我現在二話不說地回應她「妳搞錯啦，笨蛋。我才不要勒。」也未免太殘忍了。

「所以說，遠山大人，務必請您成為麗莎的主人，讓麗莎跟在您的身邊，當您的女僕吧。」

而且……這種經驗我還是第一次遇到。

麗莎並沒有看過我進入爆發模式的樣子。

她只認識逃出師團、只是個平凡高中生的我。

雖然她心中抱著有如妄想的心願，對夏洛克那實際上也會出錯的條理預知盲信不疑……不過她明明只看過我本來這很沒出息的模樣，卻還願意說出那樣的話。

包括亞莉亞在內，願意認同我能力的女孩子——並不是沒有，但那都是因為看過我爆發模式下的表現。那並不是真正的我。

真正的我其實是像現在這樣，對女生態度冷淡，又沒有生活能力，是個很糟糕的男人。

然而對身為女僕的麗莎來說，似乎像這樣沒有生活能力的男人還比較好的樣子……

「剛才主人提議過，關於分工合作的事情——麗莎其實也是那樣想的。不管是料理、洗衣、掃地，麗莎什麼都願意做。只要是主人的期望，麗莎什麼都會做到。相對地……請主人代替不願戰鬥、不願受傷的麗莎，握起槍、拿起劍，將麗莎從折磨之中拯救出來吧。」

已經把我稱呼為主人的麗莎，對我如此懇求著。

哎呀……關於分工合作的事情是我先提議的，我也沒必要拒絕就是了啦。

「我本來就是那樣打算的。畢竟在戰鬥中保護女人，是男人的義務啊。」

雖然這種男女關係在現在這個時代已經不流行了，不過套用在我跟麗莎之間似乎還是可以成立的樣子。麗莎聽到我接受了她的提議之後——

滴答……滴答、滴答滴答。感動的淚水一滴接著一滴地從她的大眼睛中溢了出來。

她接著把雙手交握在臉蛋下，抬頭看著我——

「遠山金次大人，麗莎的主人。麗莎願意扮演主人的討喜妹妹，願意扮演主人的慈愛姊姊，也會努力扮演母親的角色。麗莎願意照顧主人所有生活起居。雖然麗莎不會忘記身為女僕的身分，但也會努力成為主人家族的一員。因此，與麗莎在一起的時候——請主人不必拘束，就當成與家人相處一樣。此刻起，麗莎全身上下、從頭至腳，都是主人的所有物了。」

用日文宣誓了感覺是她從以前就已經準備好的臺詞。

話說，什麼叫所有物啦？

總覺得她宣誓的忠誠，遠遠超出了我原本的預想啊。甚至讓我感到有點畏縮了。

雖然我順勢答應了她的請求，不過看來麗莎其實在個人特質上也有點問題的樣子。與亞莉亞或理子不同……真要說起來，感覺比較傾向白雪、蕾姬那一類的問題兒童啊。

但我跟麗莎的逃亡已經沒有退路了。或者應該說，這裡就是我們退路的盡頭。

所以麗莎的這個特質，我也必須要接受才行吧？畢竟現在只有我們兩個人，因此要盡可能接納其中一方心中期望的立場啊。

管他是主人還是女僕的關係，總之我們要彼此合作、生存下去才是重點。

首先我要治好妖刕造成的傷，接著努力撐到師團抓到內奸，或是靠我自己找出叛徒。就在這個——布爾坦赫的小鎮。

在麗莎的帶路下，我們來到一棟古典而漂亮的寬敞屋子——

那是一棟從上空看下來呈現「口」字、有中庭的四方形磚瓦公寓。而我們租借的就是其中一間房間。

「哎呀，好漂亮的兩位美女。請問妳們是同性結婚嗎？」

「不，我是這位女士的隨從。另外……因為她在語言上有些障礙的關係，如果有事的話，請您來找我。」

「好的好的，沒有問題。」

在鋪有乳白色地毯的客廳中，麗莎與身為房東的老婆婆交談著。

因為她們講的是荷蘭語，我聽不太懂，但總之我就照麗莎所說的一直保持沉默了。

話說，這位婆婆的塊頭還真大啊。身高幾乎跟武藤差不多了。以荷蘭女性的平均身高來想，或許這種高度並不奇怪……但看到比自己還要大塊頭的老婆婆，還是讓我飽受衝擊啊。

「那麼，我們就先簽一個月的租約……」

麗莎說著，在契約書上簽上名字。她大概是在女僕學校有練過字，簽的雖然是化名卻也相當漂亮。或許是為了防止偽造簽名，最後還多畫了一個像小狗的圖案。在這一點上就很像個女孩子，真是可愛。

房東婆婆收下契約書後，拿起一盞印有瓢蟲紋路的提燈，走出房間……

「……總之，藏身處也確保下來啦。」

「是的，感謝您的合作。」

麗莎把耳朵貼在門上，確認房東離開之後，轉回頭看向我。

與麗莎對上眼睛的我，則是將視線看向她穿在腳上的黑靴子。

「話說，我從以前就感到很疑惑了。你們歐洲人為什麼要穿著鞋子走進家裡面啊？雖然我明白要入境隨俗，但這一點我就是在生理上沒辦法接受。拜託妳脫掉吧。」

我脫下自己的鞋子，如此說道——

「是，主人。」

結果麗莎就露出微笑，回了我一句像極女僕小姐的回應。

接著在鋪有鞋墊的玄關跪下身子，脫掉腳上的靴子後，用穿著黑絲襪的腳再度站起來。

在家中要脫鞋。這就是我以主人的身分對女僕下達的第一道命令了。

「明天麗莎就去買拖鞋回來。不過考慮到顏色上的喜好，是不是請主人也一起——」

「不，我就不跟了。畢竟我不想太引人注目，更重要的是我不想讓別人看到我變裝的模樣。買東西就交給妳了。顏色上我沒有特別的喜好。」

看到我脫下討厭的假髮，解除變裝——

「是，主人。」

麗莎又笑咪咪地這樣回答我了。

她大概是身為一個女僕，很高興受到主人命令吧？

「我基本上都不外出喔。」

「是，主人。」

就這樣——住進房子第一天就成為繭居族主人的我……

環顧了一下剛才沒能好好觀察的屋內。

大概是為了配合荷蘭人的體型，這屋子相當寬敞。

有大廳、客廳、餐廳、廚房、臥室、兩間小起居室以及浴室、廁所。雖然有點老舊，但家具餐具都一應俱全。牆壁上有油畫，櫃子上擺有青銅裝飾品，從毛巾、床墊到抹布，該有的都有了。

「請問您覺得這屋子如何呢？」

麗莎對站在廚房觀察著虹吸式咖啡機的我如此問道。

「很不錯。」

我說著，回到客廳，透過一扇擺有觀葉植物的外凸式窗戶眺望夜晚的街景。

隔著枯樹，可以看到角度銳利的護城河沿岸的城牆……景色也不賴。

而且沒有像阿姆斯特丹的紅燈區，對我個人來說也是個好地點。

（這就是我們的藏身之處嗎……）

真不愧是麗莎。一百分滿分啊。

而且這棟磚瓦公寓看起來完全融入小鎮的街景中，不會特別顯眼。

我必須在這裡——治療好傷勢，然後為了證明自己的清白而行動。

雖然我完全想不出來，在這樣的鄉下小鎮要如何實行那種事情啦……

不過我還是等明天再去想吧。

「——主人，請問我可以提出一個請求嗎？」

「什麼事？」

「這幅畫……麗莎覺得並不好。請問可以拿下來嗎？」

麗莎看著掛在客廳牆上、畫有滿月的夜空與草原的畫，如此說道。

而且不知道為什麼，露出不太喜歡這幅滿月作品的表情。

「哦哦，隨妳高興吧。」

反正我也沒有像GⅢ那樣的審美觀啊。

得到我的許可後，麗莎馬上就把那幅油畫收了起來……

接著回到客廳，偷偷瞄著我，露出羞澀的笑臉扭扭捏捏起來。

「……怎麼啦？」

「啊……真是失禮了。因為麗莎總算也找到了自己的主人……覺得很開心。而且麗莎是第一次與男性兩人同住一個屋簷下，所以……」

與男性、同住一個屋簷下……

那有什麼好開心的？我倒是覺得家裡有異性的話，基本上只會很麻煩啊。

「就算是以女僕的身分嗎？」

我隨口問了一下後……

「艾薇・杜・安克家的女人一生不事二主，一輩子只會侍奉一名男性，並終身追隨那個人的。」

總覺得……她好像講出了什麼很沉重的話啊。

不過，我現在還是不要做出讓麗莎不開心的發言比較好吧。就隨便帶過好了。

「主人。我的勇者大人。您過去身為一名武士不斷戰鬥的日子，想必過得相當辛苦吧。不過在這個家中，麗莎一定會竭盡心力，溫柔治療您身心的。」

閃爍著眼睛對我如此說道的麗莎，感覺就像找到工作而充滿幹勁的新進員工一樣。似乎是身為一名女僕小姐而覺醒了呢。

隔天早上，在本來應該是雙人床的大床鋪上一個人睡覺的我——

聽到教會傳來的鐘聲，而睜開了眼睛。

睡在個人房中小床鋪的麗莎則是……一大早就起床出門買完東西，在廚房哼著歌準備早餐。

我換好衣服後走出寢室，穿上放在房門前的一雙咖啡色拖鞋，來到客廳坐在沙發上。

「啊！主人，早安。」

穿著粉紅色拖鞋的麗莎「啪噠啪噠」地走出廚房，對我行了一個日式鞠躬禮。

柔順的金髮順著肩膀滑下，在今天晴朗的陽光中閃爍著光彩。

「哦哦，早安。」

「在日本有一句諺語是『餓著肚子不能打仗』，麗莎這就去準備美味的餐點喔。」

帶著如花朵般燦爛笑容的麗莎回到廚房——

不久後，便端著一道道料理放到餐桌上。

「今天早上準備的是荷蘭的料理。如果您覺得不合胃口，請儘管跟我說。」

我坐到餐桌旁，看到眼前的料理是……

新鮮的沙拉、鯡魚的生魚片、起司烤牛肉、把煎蛋放在麵包上，看起來像『麵包散壽司』的料理——荷蘭式三明治（uitsmijter）以及圓圓的蛋糕。

「另外還有餐後點心的水果喔。」

說著，自己也坐到位子上的麗莎……不會像白雪那樣做過量料理的這一點讓我很有好感。感覺她是預估我的空腹程度，適量做菜的。

就這樣，我們兩人一起享用的荷蘭料理——

雖然沒有像法國料理那樣的優雅或是義大利料理那樣的熟悉感，不過味道樸素而美味。或者應該說，麵包跟起司本身就很好吃了，甚至會讓我懷疑過去的人生中吃過的麵包跟起司到底算什麼啊。就好像日本的白米被亞洲各國當成美食一樣，荷蘭的麵包跟起司的品質相當好呢。

就在我想著這樣的事情，默默吃著料理時……

「呃……請問味道如何呢？」

麗莎有點畏畏縮縮地對我問道。

「嗯，很好吃啊。」

聽到我的回答，麗莎就雙手合掌露出開心的表情。笑容中充滿幸福的感覺。

這傢伙的個性……雖然這樣講跟上文有點重複，不過應該算是白雪系吧？既然如此，為了今後著想，還是不要讓她太得意忘形比較好。於是我稍微找了一下可以挑剔的地方，但……

找不到。太完美了，這頓早餐。

只是……

「之前在法國也是一樣，感覺這裡的主食真的都是麵包啊。沒有米飯可以吃嗎？」

「有是有的，但主流並不是日本米而是美國米。真是不好意思……」

麗莎說著，準備從大碗中夾新的沙拉給我——

於是將上半身從餐桌對面朝我伸過來。

結果我從她寬鬆的襯衫與胸口之間的縫隙……

（……嗚、嗚喔……！）

稍微看到衣服裡面啦！

好、好大。連這部分也是白雪等級的。

我甚至隱約看到她白色內衣上的荷葉邊，這對爆發模式上來講可是很傷腦筋的要素啊。

也不知道究竟有沒有察覺到我的視線，麗莎坐回位子上後，整理了一下胸口的衣服——

「呵呵，主人您真的很有主人屬性呢。」

「什、什麼主人屬性？」

「該怎麼說呢？就是會讓人很想照顧您呀。總覺得不那樣做就會感到莫名擔心。」

啊……以前白雪好像也有說過這樣的話。

不過屬性什麼的先姑且不說，我過去的立場根本不是主人而是奴隸啊，某位小不點女王的奴隸。

吃完水果後，就在我享用著餐後咖啡時……

「話說，卡羯大人以前在眷屬的電話會議中總是在提遠山大人——提主人的事情……請問我可以請教一件事嗎？」

「嗯……什麼事？」

「聽說主人從魔女連隊的飛船上墜落了兩千公尺，最後還是活了下來。難道主人其實會飛嗎？」

「怎麼可能啦？妳看我像是長了什麼翅膀嗎？那次是我跟卡羯在搶降落傘，結果降落傘打開之後，我們掉落在白朗峰的斜面上啦。要是當時掉落的地方是平面，我早就沒命了。不過在斜面上因為還可以滑落一段距離，所以讓衝擊力道減半的啦。」

「哎呀……武運真是好呢，不愧是麗莎的主人。」

「如果我運氣好的話，現在就不會被師團追殺啦。我說，拜託妳講講別的事吧。現在好不容易可以鬆一口氣了，我可不想回憶起差點掛掉的事情啊。」

「真、真是抱歉。」

麗莎對我鞠躬道歉，同時稍微用手按住襯衫的胸口。

剛才我本能性地看到她襯衫縫隙的事情，果然有被她發現啊。真是太丟臉啦。

「呃，既然您說要講別的話題……關於我的衣服，或者說外觀……」

而麗莎也有點害臊地對我提起了襯衫，不對，衣服的事情。

「請問主人對女性的外觀有什麼喜好嗎？」

「外、外觀？沒有。為什麼要問那種事？」

「因為麗莎希望自己可以符合主人的喜好。主人要麗莎瘦一點，麗莎就會瘦，要麗莎胖一點，麗莎就會胖。髮型也會配合主人的喜好，也會打扮成主人想看到的樣子。如果主人命令麗莎在家中要穿著內衣或全裸工作——麗莎也會聽從的。所以請您儘管命令我吧。」

「妳、妳在說什麼蠢話啊？」

「所謂的侍奉，就是應該要這樣呀。」

麗莎露出凜然的表情，表現出「關於這一點絕不讓步」的態度。

「那種事情……我沒什麼喜好啦！再說，我本來就對女人——」

——很討厭。

我雖然差點這樣說出口，但照這樣子，麗莎她搞不好會為了我跑去變性，於是我趕緊又把話吞了回去。

「總之，呃……關於衣服的事情妳自己去想。這是命令。」

「是，主人。那麼麗莎就自己判斷、自行準備女僕用的服裝了。」

原來如此，雖然剛才只是臨時想到的方法，不過這是個新發現啊。

面對麗莎，我只要說『這是命令』，爆發系的任何難關好像都可以順利解決的樣子。這——或許對我而言是很好相處的對象也不一定。以女性來說也是。

白天，麗莎又出了門……買回明明沒測量過卻完全符合我尺寸的衣服，以及據她說是要自己用的大量布料。而且我問了一下，不管衣服還是布料，好像都是防彈纖維的樣子。

她接著就窩到自己的房間，做衣服去了。大概是因為喜歡縫紉的關係，還像個女孩子一樣哼著歌。

而換好衣服的我則是……打開客廳的電視，順便靜養身體。

荷蘭雖然也有自己國家的電視臺，不過畢竟是人口只有一千六百萬人左右的小國家，因此電視也多半仰賴外國頻道的樣子。其中有德國、土耳其、英國或美國的電視節目，不過當然是沒有日文的節目了。

於是我只好把電視轉到一臺名叫「Eurosports」的體育專門頻道。這樣就算聽不懂也沒什麼關係啦。

現在在播放的是，足球……義大利vs荷蘭，國際交流賽。感覺如果是不知火應該會很開心吧，畢竟那傢伙對歐洲聯賽很熟啊。

（哦，荷蘭的板凳區有本田圭佑啊。）

我忍不住期待著好久沒看到的日本人能有所表現，而觀看著比賽。不久後……

「主人，不好意思，打擾您一下了。」

麗莎忽然對我搭話——

「呃……！妳、妳那是什麼啊……！那是我們學校的衣服、嗎！」

我轉回頭的同時，有種被踢了一記凌空射門的感覺。

麗莎穿在身上的自製衣裳，是裝飾有輕飄飄的荷葉邊以及頭飾的女僕裝。另外還搭配了純白色的圍裙。

不，到這邊都還算在我的預想範圍內。可是……

那套衣服在設計上，從領口的形狀到裙子的長度，都讓人有種水手服的感覺。而且還是深紅色的。

簡單講，就是把武偵高中的女生制服與女僕裝融合在一起的，水手女僕裝啊。未免太瘋狂了吧？

「是的。麗莎在一般的侍奉服上，嘗試添加了東京武偵高中女生制服的設計。不過……感覺有點害羞呢。畢竟無論是女僕裝還是水手服，在日本好像都是傳統的角色

扮演服裝。而且武偵高中的裙子好短……」

麗莎苦笑著，輕輕撩起裙襬——

讓我隱約看到她的左右大腿上，都套著一圈裝飾有白色蕾絲邊的細布。那是大腿槍套嗎？

「呃、那個……裙子底下那個纏在腳上的蕾絲圈是什麼？」

畢竟要拿來裝武器感覺好像有點脆弱，於是我抱著提醒她的意思如此詢問。結果——

「這叫吊襪帶（Cat Garter）。當不穿絲襪，也就是光著腿的時候，可以拿來裝飾裙子的內側。請問您要看看嗎？」

麗莎說著，忽然又打算掀起那超短的紅色水手服裙襬。

「——不，不用了！」

於是我趕緊出聲制止似乎為了主人連衣服都願意掀起來的麗莎……

那是什麼玩意？這世上竟然還會有那種讓人搞不懂用途的貼身衣物啊。

有什麼必要去裝飾裙子底下那種根本就看不到的地方啦？

而且，襪帶這種東西之前在納粹的基地已經讓我嚇夠了。

我看我還是不要再提起麗莎的裙子內側，當作沒看到吧。

「那麼，關於這套女僕裝……請問主人覺得如何呢？如果不喜歡的話，麗莎可以再重做的。」

聽到她這樣一問，我不禁在腦中品評了一下。笑咪咪地看著我的麗莎，身上的這套女僕裝……

……還真可愛啊。

雖然加了一些水手服的要素在裡面，不過女僕裝真不愧是老字號的萌系服裝。即使是對那方面很不熟悉的我，也至少知道這種衣服本來就是給像麗莎這樣的白人女性穿的。

以前我在理子強迫下進入的秋葉原女僕咖啡廳中，那裡的女僕小姐還是多少會給人一種在角色扮演的感覺……而亞莉亞在紅鳴館穿的女僕裝雖然也很可愛，但一方面是因為亞莉亞的體型，感覺比較像動畫中的吉祥物角色。

相對地，身為純正白人美少女的麗莎穿上女僕裝——

就完全沒有角色扮演的感覺，顯得相當自然。反而是像水手服的部分比較引人注意，不過那其實也算是恰到好處的裝飾。只是，雙腳幾乎完全裸露還是讓我有點看不下去……

「……很適合妳啦。只是拜託妳把裙子改長一點吧。」

我簡潔地歸納自己的想法後，如此回答她了。

畢竟麗莎原本是就讀女僕學校的關係，舉止行為上本來就很有氣質，與這套衣服相當搭配。徹底給人一種「女僕小姐」的感覺啊。

「——Mooi（太好了）！那麼麗莎就做三套裙襬比較長的版本，以後就穿這套衣服侍奉主人了。」

麗莎把交握的雙手放在漂亮的臉蛋旁，表現出打從心底感到開心的態度。

沒錯，我再次體認到，穿著這套女僕裝的麗莎，本身就非常漂亮了。

那樣一個美女穿上可愛的衣服，就會變得無可挑剔，完美至極。

換言之，對於爆發模式來說，就是個完美的頭痛要素啦。

雖然有點事到如今的感覺，不過我還是把對女性的警戒程度從2（注意）提升到3（戒備）吧。

「另外提一件事情……我其實有一張義大利銀行的提款卡。雖然以前都沒有用過，不過在荷蘭好像也可以使用的樣子。」

想要早早結束服裝話題的我，拿出自己的錢包，把之前在日本從貝瑞塔公司那邊拿到的卡片遞給麗莎——

「是的。這是裕信集團（UniCredit）發行的提款卡，在歐盟圈內的任何國家都可以使用。」

麗莎確認了一下後打算把卡片還給我，於是我又推了回去。

「有一家公司每個月都會匯一筆錢到我這個戶頭。用日文來講就叫獎學金，歐美來說就是所謂的零利息學生借貸。入帳後兩週會透過國際匯款送到我日本的戶頭中，不過在那之前也可以直接以歐元領出來。下次入帳的時間也快到了，就麻煩妳到銀行窗口幫我領出來，不要留下電子紀錄。密碼是1111。」

「我明白了。」

「至於那筆錢嘛……有必要的東西我會跟妳講，剩下的部分妳就拿去當我們的生活費吧。想要零用錢的話也隨便妳挪用沒關係，不過要在常識範圍的金額內喔。」

其實是因為我覺得匯率換算很麻煩的關係，所以把家計全部丟給麗莎負責了。結果——

「主、主人……這怎麼可以呢？」

麗莎拿著提款卡，對於自己竟然被我信任到這種程度的事情感到困惑，而垂下了眉梢。

「我不是說過了嗎？我們要分工合作。畢竟會計是妳的長項，所以留在這裡的期間，資金方面就交給妳負責了。這是命令。」

聽到我這麼說，麗莎就把提款卡拿到女僕裝的胸前——

「……是，主人……！」

又再度感動得熱淚盈眶，對我深深鞠躬了。

麗莎不愧是個天生的女僕，非常喜歡做家事。

早上把家中打掃得乾乾淨淨，露出陶醉的表情環顧四周；下午則是到一家叫Albert Heijn的超市，用便宜的價格買回高品質的食材。就算我提出「一種糖果」這樣模稜兩可的要求，她也能買到日本人很熟悉的偉特糖（Werther's Original）回來給我。

看來她在跑腿的功力上，跟主人命令『去買桃饅回來！』卻因為找不到桃饅而買豆沙饅頭回來，結果被主人用巴流術狠狠摔出去的我，或是連個雞蛋麵都沒辦法平安買回去的猴完全不同等級。根本就是跑腿界的超級菁英了。

一如之前的宣誓，生活起居上的事情麗莎都做得完美無缺——

因此我可以專心療養妖刕造成的傷了。現在我側腹部的瘀青雖然變得很黑，不過紅腫的情形倒是消退了。這就代表傷勢復原得很順利呢。

然而，到了晚上。

享用完麗莎做的晚餐後……我就變得沒事可做了。

畢竟電視節目我都聽不懂，手機又壞掉，而且為了預防反向探測，家裡又沒有裝網路啊。

因此，我決定要早早就寢——而麗莎也察覺到我的想法，早一步幫我整理好床鋪。等到我洗完澡的時候，臥室的燈光已經調暗，讓整個空間都感覺很好入睡。

「您的睡衣我放在這裡了。至於傷勢……應該還需要再靜養一段時間呢。」

穿著水手女僕裝——遵照我的命令，已經把裙子改長了——在臥室等候我的麗莎，用白皙的手比向摺好放在床鋪上的睡衣。

「哦、哦哦，謝啦。」

不過因為我身上只圍了一條浴巾的關係，於是又退回浴室中……結果麗莎就快步追到浴室與臥室之間的門前。

接著難得把視線從我身上移開，扭扭捏捏地將上半身探進門內。

「……關於夜伽事情，就請等到您傷勢痊癒之後再做了。畢竟那需要動到身體……」

染紅臉頰、別開視線的麗莎，小聲留下這麼一句話後，就趕緊轉身朝右——啪噠啪噠啪噠。

隨著拖鞋的聲音，逃到自己的小房間去了。

夜伽……是什麼啊？我想那應該是日文才對，可是我搞不懂意思。「星伽」的話我倒是知道一位很麻煩的人物啦。（註1）

不過身為一個日本人卻去請教身為荷蘭人的麗莎自己不知道的日文，實在丟臉得讓我做不到啊。

我看還是不懂裝懂，閉嘴當作是默認她剛才的那句話吧。

於是，我什麼話也沒說，換上麗莎幫我摺得整整齊齊放在床上的睡衣……躺到那張大床鋪上。

然後，隔著窗戶眺望外面的夜空。

這間臥室的窗戶在角度構造上，不會讓其他住戶看到我身為男人的樣子。

偶爾可以從雲層間看到的星星，非常漂亮。

註1「夜伽」在日文中是女性夜晚陪在男人身邊侍奉的意思。

（又漂亮又可愛，又賢慧又家事萬能的，我的女僕小姐……嗎？）

在理子的遊戲世界中，經常把女僕小姐描述得很棒——

不過這一點在現實世界中其實也一樣呢。到現在為止，我從麗莎身上還找不到什麼可以算缺點的缺點，甚至都只有優點而已。至於她過度的奉獻精神造成的沉重感，我也已經習慣了。

只是，在戰鬥方面——她果然只有一般女孩子的程度，不，應該說是平均以下。跟她一起生活就可以知道，她的身體、行為舉止，簡直可以說是為了在『家』活動而特化的。從她當時在地下道讓我接近到那種程度都沒發現的事情看來，她的警戒心也很鬆。

（之前說過「分工合作」……看來我真的必須按照宣言，顧好戰鬥方面的事情啊。）

對星空早早看膩的我，從床頭櫃上抽了一張便條紙……

在無聊之中玩著摺紙遊戲，同時思考著這樣的事情。

隔天早上，又被教會鐘聲叫醒的我——

（……？）

發現了鐘聲聽起來比昨天有精神的事情，以及整棟磚瓦公寓中感覺不到有人的事情。

於是我透過窗戶，隔著中庭偷偷觀察其他房間的窗戶……真的找不到半個人影。

在庭院中只有房東養的暹羅貓而已。

（難道是大家都出門去參加什麼活動了嗎？）

感到奇怪的我換上衣服後，來到客廳……發現麗莎的身影也不見了，只有留下一張寫著『我出門去買東西。九點會回來。』的便條紙。

於是我只好拿出麗莎昨天幫我向那位要什麼有什麼的房東借來的工具——修理了一下在白朗峰上空被我操壞的腰帶繩索絞盤，打發時間。

快九點時，教會的鐘聲又很有精神地響了起來——

我則是來到中庭呼吸外面的空氣，順便用丟在一旁的磚塊、泥土與空罐子做了一個射擊練習用的簡易標靶。

接著，拉開大約七公尺的距離……

在教會鐘聲的掩蓋下，拿起貝瑞塔射擊。

９ｍｍ子彈雖然全數命中目標——不過平常的射擊訓練其實並不太重視有沒有射中目標。就跟貞德的劍舞一樣，重點是要讓自己的身體不要忘記槍的重量與形狀，以及拔槍、開槍時的感覺。

在生死一瞬間的實戰中，開槍時絕不能允許零點一秒、零點一公分的誤差。而做到這點的關鍵不在別的，就是持槍者——自己而已。

在這一點上，能夠仰賴的就只有感覺。而這樣的感覺，只要幾天沒有開槍就會立刻變得遲鈍。人類本身就不用說了，手槍其實也像生物一樣……每次開槍都會有些微的變化。所謂的射擊行為，就是成立在這樣雙方都無時無刻在改變的關係上。

至於要說到今天我跟貝瑞塔之間這樣的默契訓練成果嘛——

不行，狀況差透了。

要是讓蘭豹看到，鐵定會被狠狠修理一頓的。

不過，我也很清楚這明顯是因為受傷的關係。只要腹部的傷勢痊癒，狀況想必也能恢復才對。多虧現在已經找到了藏身之處，應該能夠爭取到足夠的時間養傷。

（哎呀，評分上……就當作將來還有希望吧。）

就在我用最後一發子彈擊中空罐時——一旁忽然傳來拍手的聲音，讓我轉過頭去。

「——主人，真是太棒了！太棒了，主人！Mooi呢！」

同樣的話講了兩遍的麗莎，穿著水手女僕裝站在中庭旁。

荷蘭的風輕輕吹拂著那套女僕裝，將煙硝味帶到空中，取而代之地吹來麗莎身上像楓糖般的香甜氣息——以及棕櫚香皂的味道。

「真不愧是主人，都不會疏於手槍的練習呢。好帥氣，Mooi！」

麗莎只不過是看到我開槍擊中標靶，就表現得欣喜若狂。有如看到自己專屬的英雄似地，讓雙眼閃閃發光，直呼『Mooi』這個在荷蘭語中似乎是代表稱讚的單字。

「呃、不，手槍訓練……只是因為我覺得沒事做而已啦。比起這種事，我還覺得聊天之類的比較好。」

只是因為這種程度的事情就被誇獎，讓我不禁感到害臊起來，於是說著這樣的話，同時把貝瑞塔收進槍套中。

「聊天，麗莎很歡迎呢。只要是跟主人，要聊幾個小時都可以喔。」

「……話是這樣講，不過要聊些什麼呢……哦哦，對了。這裡的住戶好像從一大早就不見人影了。為什麼啊？」

「因為今天是星期日，大家都到教會去了。中午應該就會回來的。」

哦～原來是這麼一回事。

話說回來，基督徒每個週日都要去禮拜才行啊？總覺得好像有點麻煩呢。

「妳不用去嗎？」

「是，因為我不信神呀。」

「——原來也是有歐美人會講得這麼明白啊。不過，我對教會也是個門外漢。畢竟我家族的信仰是日本神道與佛教的混合，而且也沒有說真的很虔誠啦。」

麗莎笑咪咪地聽著我說的話，不過……我也沒有其他特別想講的話了。

我這個人就是一旦要跟女性聊天，就會想不到話題啊。而且對方如果是個美女，就會更讓我感到退縮。明明跟男生的話，要聊多久都可以的說。

就在我一時之間講不出話的時候——

「——那個，話說回來……麗莎有件事情想問一下主人。這個是麗莎剛才在主人床頭看到的。」

麗莎在氣氛變得沉重之前，抓準了適當的時機主動開口。

妳還真是會察言觀色啊。

真想拜託妳去幫那個老是不會顧慮我的感受、大談我不知道的動畫遊戲內容的理子，或是只要我不講話就會扭扭捏捏地保持沉默的白雪，上一下講話技巧的課程呢。中空知也順便教一下。

「這個風車，請問是主人做的嗎？」

麗莎說著，拿在手中的是……

我睡覺前做好就丟在一旁、用便條紙摺出來的風車。

其實我一開始是想摺紙鶴，但我忘記怎麼摺了——所以就摺成風車而已。

「哦、哦哦，是我做的沒錯。」

「——Mooi！竟然可以把一張紙變成風車……我的主人真是個雙手靈巧的人呢。主人，請問這個可以給麗莎嗎？」

麗莎寶貝地用雙手捧著紙風車，又用她那雙大眼睛對我提出請求。

「妳想要就拿去吧。」

聽到我這麼說，麗莎便打從心底感到開心似地把風車抱在胸前。

「真是太感謝您了！主人賜給麗莎的東西——麗莎會一輩子好好珍惜的。」

總覺得……她好像真的很開心呢。只不過是為了那樣的玩意。

或許那剛好觸動了荷蘭人的心弦吧？畢竟是個風車嘛。

幾天後，我的傷勢大致上快要痊癒了。而就在某天傍晚——

發生了跑去買東西的麗莎遲遲沒有回來的稀奇事件。

雖然我是不會在意她到別的地方亂逛啦，不過這幾天下來的相處已經讓我知道，麗莎是個出門前會告知自己幾點回來，並且像裝了時鐘一樣會剛好在那個時間回來的女人。

那樣的她竟然會遲到，讓我感到有點在意。

而且對我來說，在遙遠的異鄉獨自一個人……怎麼說呢……

……還真是寂寞呢。

畢竟這地方又莫名地安靜啊。

貝瑞塔的完全拆解保養已經做完，腰帶也早就修好了。

雖然我的個性不是個會痴痴等待女人回家的男人，但現在就是莫名想要有個人陪我說話。好想見到麗莎。即使沒有特別想要她對我做些什麼，但麗莎就是個會讓我希望她待在身邊的存在啊。

就在我疑惑著她究竟什麼時候會回來，並且從窗簾的縫隙窺視屋外的時候——

咦？

麗莎就在那裡嘛。穿著水手女僕裝，在公寓門前的路上。

不過她蹲在地上，用手遮著臉，在哭呢。

我很快就知道原因了。

她好像正在被住在附近的小孩子們欺負的樣子。當中有一名身材微胖，應該是孩子王的男孩子，甚至牽著一隻大狗在嚇唬麗莎。

而那隻狗似乎也感到很有趣，跳起來對蹲在地上的麗莎踢了一腳。

大概四到五個臭小鬼們看起來完全瞧不起麗莎，圍著她嘻嘻哈哈地起鬨著。

（話說回來，麗莎她……明明連小孩子跟狗都贏不了，居然還擔任了眷屬的代表戰士啊……）

像猴之前好像也敵不過狗，看來眷屬當中有不少怕狗的傢伙呢。將來我就提議讓艾馬基代替我出擊作戰好了。

是說，現在好像不是我可以袖手旁觀的時候。那個得意忘形的孩子王用水桶裝了水，在嚇唬麗莎，打算對她潑水呢。在這寒冷的冬季。

「……」

我瞥眼看了一下掛在帽架上的黑色假髮與風衣。

其實我真的很不想要用那玩意變裝出門……

而且眼前的狀況應該不會發展到危及性命的程度。不過……

（……武偵憲章第二條：與委託人訂下的契約，必須絕對遵守。）

保護麗莎，對我來說就是像契約一樣的東西。

雖然我很不願意……但我還是去一趟吧。順便意思意思，帶點武器。

就這樣，我扮成黑梅德爾來到屋外——

進入亢奮狀態的狗，正打算撲到哭泣的麗莎身上咬她。

覺得狀況有點不妙的我，趕緊衝了過去。就在這時……

（……？）

短短一瞬間，被麗莎瞥了一眼的狗——忽然往地面一踏，急轉一百八十度衝回去了。

然後拖著那名微胖的少年，全力逃跑。

搞什麼？那隻狗受到驚嚇的樣子，感覺不太尋常。被逼到絕境的麗莎……究竟做了什麼？

然而，被其他小孩子們繼續吵吵鬧鬧地欺負著的麗莎，依然只是蹲在地上哭泣而已。

「……」

於是，我邁步走到那群小孩面前——唰！

把糖果……偉特糖撒向遠方。

萬國共通的道理，小孩子都喜歡吃糖果。見到我撒糖的臭小鬼們紛紛「嘩——！」地高聲歡呼，爭先恐後地散開去撿糖了。

同時，磚瓦公寓的房東——那位巨人老婆婆也聽到吵鬧聲，而拿著掃把走出來，用荷蘭語大聲斥責那群小孩，把他們趕跑。

我則是趁這機會攙扶起全身發抖的麗莎……平安無事地回到我們家了。

當我關上門之後……

「嗚、嗚……主人，謝謝您。真是非常謝謝您。麗莎真是個沒用的女僕，竟然這樣麻煩主人……」

「別在意啦。妳沒受傷吧？」

「沒有。可是……主人明明就不喜歡扮成那樣走出家門的……都怪麗莎、都怪麗莎……」

麗莎的眼眶盈滿淚水，打從心底感到愧疚地抬頭看著我。

「沒關係啦。雖然我確實不喜歡變裝，不過……這樣講或許很那個，但之前不是有約定好，我要保護妳嗎？話說，妳為什麼會被欺負啦？」

拿下假髮、脫掉風衣的我如此詢問——

「呃，那是因為我的衣服似乎被他們以為是海軍……結果就被嘲笑說『這裡明明沒有海卻有海軍啊』這樣。」

穿著水手女僕裝的麗莎摸著自己的V字衣領，對我說明著。

（哦哦……）

雖然水手服在現代日本是被當成女生的制服，不過那本來其實是海軍的軍服啊。就好像男生的高領制服本來是陸軍的軍服一樣。

「……如果不方便的話，妳也可以不用穿沒關係喔？」

「不，麗莎不會逃避的。主人說過『很適合麗莎』的這套衣服，是麗莎的榮譽。而且房東剛才也說過『絕不原諒嘲笑海軍的小孩』，因此今後還是繼續穿這套衣服反而會比較安全也不一定……」

麗莎用白皙的手指擦拭淚水，對我如此說著。

而對我來說……只是被人嘲笑，就要放棄同時象徵武偵高中的紅色水手服也很不是滋味。因此……

「要是妳以後又被那群傢伙欺負，我一定會幫妳趕走他們的。我會保護妳，這是約定。」

為了讓麗莎安心下來，而重新強調了一次。

結果這句話似乎讓麗莎打從心底感到開心起來——

——「啪！」地抱住了我的身體。

「喂、喂……！」

呃！好、好柔軟……

而且、味、味道好香。不管是頭髮，還是身體，都飄出像女人一樣、甘甜的香氣——

這、這不太妙吧！無論是在暫時的主僕關係上，還是在爆發的意義上……！

「主人。麗莎的主人。就讓麗莎老實承認，其實剛才麗莎被狗吠叫的時候——心中一直在呼喚『主人、主人』的。結果主人真的就現身拯救了麗莎……麗莎我、麗莎我、簡直就像是在作夢一樣呢。麗莎真的好高興、好高興。現在真的覺得好幸福呢……！」

大概是因為徹底感到安心的關係，麗莎緊緊抱著我不願放開。

（話說，我只不過是把小孩子趕跑而已啊……）

沒想到竟然會被感激到這種地步。

或許對麗莎來說——即使沒有到戰鬥的程度，但我履行了『拯救麗莎』這個契約還是讓她感到非常開心吧？

「主人……主人……」

不知不覺間，麗莎開始像貓咪在留下自己的氣味一樣，用臉頰磨蹭著我的胸口。

這氣氛用漫畫來形容的話，就是周圍都浮現出愛心圖案的情景啊。感覺她徹底在對我撒嬌了。

「抱、抱夠了吧！妳意外地很愛撒嬌呢。」

我說著，稍微推了一下她的肩膀。結果……

「……是的，麗莎……真的很愛撒嬌。是個想撒嬌的時候就會對主人撒嬌的壞女僕。懇請您多多包涵呢，主人……」

她竟然將錯就錯了。

這種撒嬌或許對一般男人來說，是值得開心，甚至以女僕來講應該要加分的要素啦……

但、但是對我來說很頭痛啊。真傷腦筋。

——就寢中。

我忽然聽到「嘰……」地一聲，似乎有人爬到我床上的聲音——

怎麼回事？

是什麼人？

麗莎嗎？

但不可思議的是，我的身體竟然動彈不得。

是被鬼壓床了、嗎？

「看來你就是真貨啊，遠山金次。」

透過斗篷傳來的模糊聲音……**男人的聲音**。

這聲音是……！

（——妖刕——夜襲嗎！）

就在我察覺到這一點的瞬間。

——唰——

某種冰冷的觸感毫無抵抗地滑入我胸口中央偏左的部分。

是被刀刺了。

透過完全沒有防彈、防刀性能的睡衣。

一口氣刺穿心臟。

我被殺了……！

「——嗚哇！」

我趕緊坐起上半身。

發現眼前是昏暗而寂靜的臥室。

在雪白的床鋪上，除了我以外沒有別的人影。

是……夢、嗎？

我摸了一下胸口，根本沒有什麼刀刺在上面。

（……該死！）

剛才的惡夢……是代表我在潛意識中對妖刕抱著恐懼的意思吧？

確實，那傢伙強得不像話。感覺比我過去在師團、眷屬中見過的任何敵人都強了一、兩個等級。

——但是，妖刕。

我可還沒有完全輸給你。

就好像你有那對雙刀、紅色的眼睛與那件風衣一樣——我可是有爆發模式啊。

雖然之前在布魯塞爾沒有發威，不過要是我哪天又很不幸地**進入**的時候……咱們再來打一場吧。反正你一定也會很中意爆發模式下的我啦。我總有一天要把你那件中二病風衣剝下來，看是送給理子還是金三當禮物的。

就在我用手按著側腹，腦袋想著這些事情的時候……踏踏踏踏！

「——主人？打擾了！」

大概是聽到我大叫的麗莎，衝進我的臥室了。

「嗚……！」

因為麗莎身上穿著薄到內衣幾乎都要透出來的白色連身睡衣——害我一瞬間緊張起來，以為自己真的不幸到這麼快就要**進入**了。不過才剛被惡夢嚇醒的心理狀態似乎並沒有讓爆發模式發作。

麗莎看到我額頭冒著冷汗、沉默不語的樣子——

「主人，您臉色發青呢……！請問是喘不過氣嗎？傷口在疼嗎？麗莎馬上去拿藥——」

「——別在意。我只是……作了一點夢而已。」

我對麗莎揮揮手，示意她『退下』後，把手撐回床上……

該死，太沒出息了。我的手指竟然在發抖啊。

麗莎看見我的模樣，立刻察覺到我被惡夢嚇得很嚴重——

「……恕我失禮了……主人。」

這次換成在現實中真的讓床鋪發出「嘰……」的聲音，爬到我的床上。

「看來主人夢到了很可怕的事情呢。」

她將雙腳跪在我身邊——

用白皙細緻的雙手輕輕抱住了我的頭。

「……」

一股像楓糖般甘甜的香氣微微飄來。是麗莎的味道。

不可思議地，那股溫柔的氣味讓我的心鎮定下來。

雙手也……不再發抖了。

「不過，請放心。主人有麗莎陪著。永遠，永遠……」

如果是平常的我，被女性貼到這麼近的話——

應該會為了避免進入爆發模式，而伸手推開對方才對。

然而，現在的我……卻沒有那麼做。

我總覺得，麗莎這名女性擁有讓人安心、感到被溫柔包覆的……神奇力量。這跟爆發性的感覺不同，而是會讓我的心沉靜下來。

我不禁有種莫名懷念的感覺——對了——

「……麗莎會永遠跟在主人身邊的……」

好像在遙遠的過去，我也曾經有過這樣的感受——

讓我接著可以安心入眠的……那樣溫暖的感覺。

後來，我的傷勢一天一天地復原了。

麗莎從外面買來，或是到野山中採來的材料做成的荷蘭風漢方藥似乎也很有效果

的樣子。

——而就在某一天早上……

「主人，今天在鎮上會舉辦祭典……如果您不介意的話，請問可以讓麗莎休假一天嗎？」

麗莎很難得地表現出興奮的樣子，對我如此說道。

而對於每天殷勤為我工作的麗莎感到很愧疚的我……

「哦哦，好啊。妳偶爾就去輕鬆一下吧。」

決定隨她高興了。

麗莎得到我的同意後，還是乖乖地先做好午餐——然後一個人高高興興地跑去準備參加祭典用的東西了。

不久後，從房間走出來的麗莎……

（……哦……）

從平常的那套水手女僕裝，換成向房東借來的一套荷蘭民俗服裝了。

畢竟這裡是北方國家，因此女性的傳統服裝是看起來很保暖的蓬蓬袖搭配長裙的洋裝。黑色布料上裝飾有白色的荷葉邊，還有色彩鮮豔的刺繡圖案。

因為這種服裝我以前只有在動畫《龍龍與忠狗》中看過而已，所以麗莎穿在身上讓我感覺就像什麼角色扮演一樣。不過……

很奇妙地，有種難以言喻的煽情感呢。明明就是布料那麼多的衣服，為什麼啊？

正當我感到疑惑的時候，立刻就發現了。是胸部啊。因為上衣的胸部下方，有一塊像塑身衣一樣緊緊貼著身體曲線的布料，所以胸部就會像裝在袋子裡一樣被強調出來。

畢竟麗莎的身材明明整體來講都很纖細，卻唯獨胸部特別大，因此這套衣服會把她身體最醒目的部分毫不保留地展現出來。讓我很傷腦筋啊。

「主人，偶爾看看麗莎這樣的打扮，是不是也很不錯呢？」

變成一名完美的荷蘭美少女的麗莎，笑咪咪地撩起裙子對我問道。

大概是因為要參加祭典的關係，她的情緒好像特別高漲呢。

「是、是啊，很可愛。」

我為了不要脫口說出跟「乳袋」有關的事情，而簡短地回應她了。

「呵呵呵，房東太太真的是要什麼有什麼……她還借給我剛好符合我腳掌尺寸的這個呢。」

麗莎接著輕輕掀起長裙的正面，露出一雙五顏六色的木鞋給我看。

「那麼，我傍晚五點會回來的。」

「好。祝妳玩得開心啦。」

「點心就放在廚房的櫃子裡喔……」

對著我微笑、往後退向門口的麗莎——

在走出玄關大門之前，隱約露出了一點感到可惜的表情。

她大概……是很想跟我一起去參加祭典吧。

然而，她很清楚我不喜歡變裝成黑梅德爾的打扮出門，因此也沒有特別勉強我，自己一個人出去了。

我走到窗邊，低頭看向窗外的道路……

麗莎「喀啦喀啦」地踏著對日本人來說感覺不太好走路的木鞋，很輕鬆地走著。或許是有什麼訣竅吧？就像日本的木屐一樣。

就在這時，唰……

是信鴿嗎？

一隻脖子上掛著十字架圖案金項圈的白鴿飛過天空。麗莎的視線也跟著那隻鴿子——轉頭看向我。

跟我對上視線的麗莎，因為發現我正目送她離開的事情，而露出開心的表情。然後羞澀地輕輕對我搖搖手……消失在轉角的另一側了。

……我接著坐到客廳沙發上——

在寂靜的家中，又轉開體育專門頻道，無聊地消磨著時間。

在這種時候……我就真的只是一個人了。

在歐亞大陸的西方盡頭——也就是世界的盡頭、荷蘭的、更盡頭。

遇不到師團的成員。因為不信任通訊網路，所以也不能聯絡東京或香港。因為語言不通，所以也沒辦法跟鄰居交流。

這樣的體驗，如果在日本應該一輩子都遇不到吧？
感覺我好像陷入了與東池袋高中時期不同的、更深的孤獨中啊。
（孤獨……雖然我並不討厭啦。）
然而，一個小時、二個小時、三個小時過去……一個人發著呆的我，不知道為什麼……
腦海中又浮現出在這裡唯一可以陪我說話的對象——麗莎的身影了。
既漂亮又溫柔，穿著可愛的女僕裝，腦袋聰明，工作又勤奮的麗莎。
總是笑咪咪地侍奉著我，偶爾也會對我撒嬌的麗莎。
（好想……見到麗莎啊。）
不經意湧上心頭的想法，讓我不禁露出苦笑。
想見到麗莎？我嗎？對一個女人？
之前好像也有過這樣的念頭，你到底是在天真個什麼勁啊，討厭女人的遠山金次同學？
太陽從雲層間露出臉的下午兩點半——
扮成黑梅德爾狀態的我，走在寒冷的屋外道路上。
我……我可不是因為想對麗莎撒嬌啊。
我只是想說如果在校外教學V的報告書中寫一點荷蘭祭典的事情，或許可以因為內容比較稀奇而在微粒子等級的可能性上多要到一點學分吧？

（所以我只是稍微去看一下而已啦。）

我在心中如此呢喃著，走在冷颼颼的鎮上……

很快就找到了祭典的會場。

畢竟這座小鎮並不大，而且可以聽到愉快的音樂聲。

鎮上的居民們聚集在那座有風車小屋的高臺上，溫著加有香料的熱紅酒，拿著看起來像烤雞肉串的料理，熱鬧地喧譁著。

在風車小屋前，可以看到穿著民俗服裝的麗莎……以及同樣打扮的荷蘭女子們排成一列，正在跳著舞。

喀啦喀啦、咖咖咖！木鞋在石板路上發出清脆的聲音。

雖然大家都穿著那套乳袋服裝，讓我有點難以接受。不過……

像這樣表現得普普通通、就像這個國家女孩的麗莎，還真是可愛啊。

大家開心跳舞的情景，讓我不知不覺間忘卻寒冷，自然地露出笑臉了。

在那群跳舞的女孩子旁……可以看到兩個男人用厚紙箱做成身體、折斷的掃把做成牙齒、貼上哈密瓜皮充當毛皮……扮成一隻手工感強烈的怪物，像舞獅一樣分別擔任前腳與後腳，邁步走了過去。

那大概是在表現一隻身材巨大、像狼一樣的怪物。

「loup-garou（禿狼）！-loup-garou——！」

聽到小孩子們不知道在叫什麼的警告聲，正在跳舞的少女們便演出驚慌的樣子，躲到風車小屋後面去了。

當中有一名少女很做作地半路跌倒，結果那隻荷蘭舞獅就把身體伸過去……一口把少女裝進身體裡了。應該是在表現『被吃掉了』的意思吧？

躲到風車小屋後的麗莎與其他舞者們，紛紛露出『哎呀不好了』的表情，演出受到驚嚇的樣子。

話說，麗莎她……刻意的表現還真醒目啊。明明她演技那麼好，演短劇的時候倒是很笨拙呢。

我原本以為這齣短劇會以悲劇收場的，沒想到有一名少女從風車小屋後面走出來——

安撫著凶暴的荷蘭舞獅，甚至演出一段手臂被吃掉的劇情……最後親了一下怪物用厚紙箱做成的頭。

結果，怪物便頓時安分下來了。

看來這是『靠愛的力量收伏了怪物』的結局呢。

就這樣，舞會似乎結束了……

不過對於身為外地人的我來說，還是有點搞不清楚詳細內容啊。這樣感覺也沒辦法寫進報告中了。

哎呀，畢竟就像日本鄉下地方的祭典一樣，外地人看不懂也很正常啦。

就在我交抱手臂想著這樣的事情時——

「……咦！主人……！」

麗莎很快就發現我了。

於是我把手指放在嘴前，對她打了一個『別用日文講話』的手勢——

然後跟麗莎兩個人坐到風車小屋後面……婉拒了居民招待的熱紅酒，而是端著可樂，小聲交談。

「我、我沒想到主人會過來，真是太大意了呢。」

麗莎雖然因為被我看到自己平時的樣子而害臊地染紅臉頰，不過她似乎對於我來參觀祭典的事情感到更開心的樣子。

「剛才的那段舞蹈——途中冒出了像怪物一樣的東西。那是什麼意思啊？」

我為了報告的內容而如此詢問麗莎。

「那是……」

結果麗莎一瞬間露出難得嚴肅的表情，頓了一下後……

「『熱沃當之獸』——禿狼、狼人……在日文中有各種翻譯，不過總之就是一種被當成吸血鬼勁敵的傳說怪獸。牠擁有讓各式各樣的動物服從於自己的能力，被稱為百獸之王。據說十八世紀的時候出現在西歐，到處侵襲村莊與小鎮……」

「說到吸血鬼，就是弗拉德吧？既然是那傢伙的勁敵，那麼也是那種感覺的怪物嗎？」

「跟、跟弗拉德大人……有點不同。那是外表看起來更加美麗的金毛巨狼，當時在法國也有被人描繪下來喔。」

麗莎偏袒著自己國家本土的怪物——烎狼，對我解說著……

也多虧她的說明，我的報告可以寫得更詳細了。搞不好真的可以多賺到一些學分也不一定呢。

「主人，請問您有聽說了嗎？傳聞中有一名最近搬到布爾坦赫來、在這個格羅寧根省最漂亮的美女喔。」

我的傷勢幾乎痊癒的幾天後，麗莎晚上忽然對我提出了這樣的話題。

「……格羅寧根省最漂亮的、美女？」

對我個人來說，這話題就像連續殺人魔搬到附近來一樣必須提高警戒啊。

「是搬到鎮上的什麼地方？」

「就是這棟屋子喔。」

麗莎說著，露出笑咪咪的表情，感覺這話題背後一定有什麼內幕。

哦哦，我知道了。

「——原來妳已經被大家評價為那麼漂亮的美女啦？哎呀，我也不是不能理解啦。」

我喝著扁豆湯，若無其事地說著。

「不、不是那樣的。麗莎說的是主人變裝成的克羅梅德爾小姐啦。」

噗噗！我忍不住把湯噴出口了。

「那是什麼啊！什麼、克羅梅德爾……」

「之前主人變裝去參觀祭典的時候，好幾位紳士都被主人的外貌迷倒了呢。後來有人跑來問麗莎主人的名字，麗莎就用主人之前取的化名回答對方了。Cromaetel——這個充滿異國風情的美麗名字，讓大家都很陶醉呢。」

原來麗莎把我在電車上隨口說說的『黑梅德爾』直接當成化名了啊。（註2）

話說，什麼迷倒啦？各位紳士們，你們可是犯下了難以挽回的過錯啊。

不，或許有錯的人應該是我啦。

「……饒了我吧……」

看到我抱頭苦惱的模樣，麗莎倒是因為大家對自己的主人評價很好（不論是以怎麼樣的形式）的關係，而露出驕傲的表情。

「不只是當代第一的美貌而已，總是躲在深閨中不與人親近的神祕感也是吸引大家的祕訣呢。相信這也是歸功於主人罕見的魅力所賜。身為主人的女僕真是感到相當光榮，不過身為一名女性也有點嫉妒呢。呵呵呵。」

真不愧是大家公認最不幸的二年級遠山同學。

即使到了歐亞大陸的西端盡頭，還是可以毫不保留地發揮出不幸的能力啊。

註2「黑」在日文中的發音為「Kuro」。

（所作所為、全都適得其反……！）

明明是為了躲藏才又是變裝又是窩在家裡的，為什麼反而變得有名起來了啦？

明明原本狀態下的我，是個強襲科以外的人都覺得「遠山？那是誰啊？」的人物啊。

極度感到沮喪的我——

看來果然也擁有跟大哥一樣的才能呢。雖然對我來說是完全沒有必要的才能啦。而且就是因為這樣，害我變了裝反而更引人注目了。

不過，我並沒有因此進入爆發模式。這是我絕不能退讓的最後一道防線。要是我因為看到鏡子而爆發的話，這次真的要舉槍自殺……在西瑪・哈里號上好像證明過無效的樣子，那就切腹吧。最後的砍頭工作就拜託白雪……現在不在身邊，那就拜託妖刕算了。唉。

或許是因為克羅梅德爾事件而飽受打擊，變得連飯都吃不下的我……

似乎被病毒趁著體力虛弱的時候入侵，結果就感冒了。

（這就叫『病由心生』啊……）

麗莎對我說了一句「我去洗澡了」然後進入浴室，而我則是隨口回應她後……

自己一個人在客廳的沙發上忍受著頭痛的感覺。

雖然屋內有開中央暖氣系統，但我卻感到一股寒意。看來還是早點就寢會比較好吧？於是等麗莎出來之後，我也趕緊去沖了一下澡，然後在很淺的浴缸中裝滿熱水——用之前在巴黎學會的棺材式泡澡法泡進浴缸中。

我原本想說泡完澡之後就立刻去睡覺的。可是……不妙，明明還在入浴中，意識就開始朦朧起來了。看來發燒比我想像中的還要嚴重啊。

即使泡在熱水中，我的身體還是不斷在發抖。這下搞不好出了浴室就會當場倒下，甚至連站都站不起來啦。

（感冒藥……這裡又沒有特濃葛根湯……）

既然沒有特效藥，我也只能忍耐了。

我安靜無聲地泡了好長一段時間——

「……主人？」

麗莎在浴室門外叫了我一聲，但我卻沒辦法回應她。

因為現在正是發燒的最高潮啊。大概有三十八點五……不，三十九度左右吧……

……

………

「…………？」

我睜開眼睛，發現自己躺在臥室中的大床鋪上。

日光色的床頭燈，左右兩盞都點亮著。不過亮度調得很低，只有微亮的程度。

我坐起上半身。身體狀況……已經恢復了。頭不痛，體溫也正常。

看來剛才那是發燒很快，治好得也很快的感冒類型。

話說……我現在身上根本沒穿衣服啊。

（是麗莎把我從浴室搬過來的嗎？）

太好了。要是在浴缸中昏倒的話，我早就死啦。畢竟一個人就算會空手奪白刃，會徒手抓子彈，溺了水還是會當場掛掉的啊。

謝謝妳啦，麗莎。

我——對著睡臉看起來意外天真無邪的麗莎露出微笑。

哈哈！麗莎就算在睡覺的時候，也會戴著那頂有荷葉邊的頭飾呢。

（……喂……！）

麗、麗、麗莎！她在啊！麗莎在啊！

就在我的床上。而且是在我身邊。還全身赤裸！這是怎麼回事啊！

「……麗、麗莎……！」

雖然她的下半身因為蓋著羽絨棉被，還算 Closed 的狀態。可、可、可是上半身、因為我坐起身子的關係，讓棉被被掀開，Full open 啊。

就像貞德一樣，白人特有的雪白柔軟肌膚——

微微動了一下。

接著同樣是金髮、長睫毛的麗莎睜開眼睛……

「嗯……太好了……」

呃！呃！什麼？什麼『太好了』？

難道說、難、難道說……！不，我並沒有那樣的記憶啊！

「——主人總算睜開眼睛了呢。您剛才在浴室失去意識，讓麗莎、讓麗莎嚇得心臟都要停止了呀。不過……主人能恢復意識，真是太好了……」

「是、是那個『太好了』啊。太好了。」

「？」

「話說妳！為、為什麼……會在這裡啦！」

聽到我吞吞吐吐地說著，麗莎很快就理解了我的意思——

「在荷蘭，丈夫發燒的時候，妻子就是要這樣幫忙退燒的。因為當身體發高燒的時候，貼在身上的東西不可以比人的體溫還要燙或是冰呀。」

麗莎用手臂遮著自己的胸部、呃、因為太巨大的關係，沒辦法遮住全部，只遮住了一部分、或者說是前端——到這邊都還好，可是……

她、她接著坐起身體、半跪在我面前……！

棉被輕輕掀開，讓她白皙的腰部以下也映入我的眼簾了。

然而，荷蘭的神並沒有棄我於不顧。麗莎的下半身有穿著白色的蕾絲內褲，以及之前讓我看到的吊襪帶。

這次我總算看清楚了，那個吊襪帶的全貌——

首先是肚臍下方圍著一圈像白色裙子的輕飄飄布料。

不過那裙子是短到連名古屋武偵女子高中都會嚇一跳的——胯上十公分。

裙襬只有三公分左右，從肚臍往下只有五公分而已。別說是讓細長的內褲完全曝光，根本是連內褲上緣都遮不到的奇怪裙子。穿那種裙子到底有什麼意義啊？而且布料又透明，讓底下的肌膚都可以透出來了。

在那條裙子的腰帶部分，正面有兩處，恐怕背面也有兩處，垂下裝飾著荷葉邊的襪帶——一路延伸到大腿。

而本來應該是膝上襪上緣的大腿部分，有一圈裝飾有細長荷葉邊的橡皮帶，連接著剛才的襪帶。原來如此，就是利用那個像髮圈一樣的帶子綁在大腿上，讓襪帶即使沒有絲襪也不會難看地晃來晃去是吧？

……那不重要啦！

因為沒有穿裙子而完全公開在我眼前的裙下風光——那些白色的布料甚至比只穿一條內褲或是完全沒穿還要煽情啊。那不就是成人女性為了誘惑男人而穿的一種性感內衣嗎！再說，那根本就沒有發揮襪帶本來應該用來固定絲襪的功能。荷蘭的神究竟是我的敵人還是夥伴啊？

（該死的麗莎……！原來她平常一臉清純地侍奉著我，但實際上卻穿著那樣下流的東西啊……！）

跟我在一起生活的時候，妳究竟是為了什麼目的在穿那種東西啦？

因為這件事讓全身又滾燙起來的我——

「快、快睡啦！」

打開在臥房也有擺一臺的老舊電視，企圖把視線從麗莎身上轉到歐洲體育頻道。

「是、是的。」

麗莎說著，又準備躺回床上。難道妳打算繼續在我房間睡覺嗎？麗莎小姐？

而且我打開的飛利浦映像管電視中……

怎、怎麼回事？傳出的竟然不是體育賽事的歡呼聲，而是妖豔的喘息聲啊。

……慢慢映出畫面的電視上……

「……嗚……嗚！」

看、看到啦！雖然只有一瞬間而已啦！

為什麼、這個國家會允許讓公共電視的電波播放這、這種一絲不掛的男女糾纏在一起的畫面啦！

「主人也真是的……好色呢……竟然在這種時間打開電視……」

用棉被遮著下半部臉蛋的麗莎，才真的像個好色的孩子一樣目不轉睛地盯著電視，然後莫名興奮地染紅臉頰，卻一點也不覺得這樣的成人畫面有什麼奇怪。

果然，在荷蘭有深夜播放成人畫面的文化啊。

（這、這國家也太自由了吧……在那方面的事情上！）

飽受文化衝擊的我，用顫抖的手打算把電視轉到其他頻道——

啊！啊！竟然因為太慌張而按錯按鈕，把音量提高啦！

而且畫面上的男女演員，好死不死竟然是在主人與女僕的設定下嬉戲啊。從打扮來判斷的話。

太尷尬了！這實在太尷尬啦……！

「不過，麗莎好高興呢。因為主人會有這樣的心情，就證明主人已經恢復健康。而且燒好像也已經退了……」

雖然我好不容易把電視關掉了，但為時已晚。

麗莎已經染紅著臉，用她滑嫩的手觸摸著我的肩膀了。

宛如糖漿般甜膩的氣息，也像個女人一樣妖豔——

女、女性看到像剛才那樣的畫面，也是會興奮的嗎！

「主人的傷，也已經痊癒了呢。」

麗莎的手輕輕撫摸我的皮膚……從肩膀到胸口、從胸口到側腹。

接著，就這樣從我的側腹，伸進蓋住我們下半身的棉被中——

「——呃！喂！住手！妳、妳在摸哪裡……！」

雖然俗話說旅行就是人與人的接觸，但我可沒有打算跟別人接觸那種地方啊！

「稍微流點汗，相信可以讓感冒好得更快的……因此……就趁這次的機會，讓麗莎從今晚開始負責夜伽吧。雖然說，我因為只有從書本上學過侍奉的方法，或許會有不周到的地方——還請您原諒。」

事到如今——我才總算理解那個神祕的日文，『夜伽』的意思……了……！

「……恕我失禮了。」

麗莎掀起棉被，打算把頭鑽進裡面……

「既、既然妳覺得失禮，就給我住手啊！這種事情根本不是女僕的工作吧！」

「身為主人的情婦，也要陪主人睡覺——艾薇・杜・安克家的女僕就是這樣的女僕。所謂陪主人睡覺，就是代表要獻上自己的身體進行侍奉的意思。我的一族就是這樣，一路繼承勇者大人的血脈下來的……」

我拖著大病初癒的身體往後退下，麗莎卻依然繼續黏著我。

「為什麼妳平常都會乖乖聽我的話，現在卻不顧我的意思啦！妳不是我的女僕嗎！給我乖乖聽話啊……！」

我為了把麗莎推開，結果跟剛才的電視畫面一樣而在不同的意義上變得糾纏在一起了。可是——

「主人，我過去一直扮演著清純的樣子，欺騙了主人，還請您原諒。除了主人平常看到的女僕模樣，我其實還帶有別的特質。不只是想要侍奉我的勇者大人而已——」

「……我、我叫妳……住手……！」

「——在我的腦海中，也總是期望著……可以為主人傳宗接代。每天晚上、在隔壁的房間……我就是這樣一個、下流的女僕呀……！」

──撲通──

「我每天對主人露出笑臉的同時……腦中總是想著這樣的事情。好想快點、跟主人變成這樣──每天每天、不斷期待著這樣的事情──很恐怖吧？很噁心吧？我能理解主人想要拒絕的心情，但是，懇請您實現麗莎的心願吧。求求您……！」

滴答、滴答──滾燙的水滴，滴落在床鋪上。

不用說，當然就是麗莎的淚水了。

她明白自己被我拒絕的事情……而哭了。她已經不知道自己該怎麼做才好了。

麗莎之所以會不斷照顧我的生活起居，對我殷勤侍奉，總是讓我看到她漂亮而可愛的一面……想必就是為了這一刻。

麗莎的一族代代將強者的遺傳基因融入自己的ＤＮＡ中。利用與弗拉德不同的方法。藉由追隨強者、尋求寵愛的方式，一路繼承對方的遺傳基因。

「……主人……」

我的爆發模式──還在發動邊緣，並沒有徹底進入。

大概只進入了九成九，還來得及回頭。回頭，回頭啊，金次。

──因為，我已經察覺到了。

麗莎隱瞞著我的，不只是她的慾望與遺傳系統而已。

她剛才的那段話背後，一定還隱藏著什麼更重大而危險的祕密。

而我還不清楚那究竟是什麼。

但是——如果我在這裡被麗莎硬上成功的話，肯定會讓事情變得難以挽回的。

這件事在之前五月擔任白雪的保鑣時，亞莉亞也有警告過我……不只是保鑣工作而已，在任何任務中，武偵與委託人建立**過深的關係**都不是一件好事。

親密的互動中會讓警戒心變得鬆懈，遇上萬一的時候就會失去冷靜的判斷……教科書上是這樣寫的。

不過，其實理由不只是這些。

在沉溺於男女之情的人當中，經常也會發生把感情優先於其他任何事情的狀況。人為了自己心中抱有好感的異性，很輕易就會變成無法之徒的。

如果麗莎隱瞞著我的『某件事』——是帶有惡意的話……

原本就處在逃亡中的危險狀況，會變得更加危險的。要是我在這裡被麗莎硬上成功，會連帶產生出行為本身以上的意義。

因此——我要自我克制。不管麗莎怎麼用力踩踏油門，我都要努力踩住剎車。默默拒絕任何誘惑。我必須這麼做才行。

就這樣，沉默了幾分鐘之後——

麗莎「啪沙！」一聲讓金黃色的秀髮散開在床上，把臉埋進枕頭中……放聲大哭了。

宛如我在羅浮宮美術館看到的希臘雕刻作品一樣雪白的背部，不斷顫抖著。

這狀況……或許有錯的是美食送上前卻不動手的我。但是……

女人在男人的身邊哭泣，也太狡猾了吧。

姑且不論理由如何，讓麗莎飽受羞辱的我——

「……麗莎。」

忍不住感到同情，而對她開口了。

麗莎淚眼汪汪地從枕頭中稍微抬起頭，看向我的模樣——雖然讓我的感情又動搖了一下——但是，我不能退讓。我不能退讓啊，麗莎，原諒我。

「我真的很感謝妳。我能夠活到現在，都是拜妳所賜。然而……我因為有幾個理由，沒辦法回應妳的期待。當中有一項理由是體質上的問題，我自己也無可奈何啊。」

「……請問是、HSS嗎？」

——她知道……啊。

畢竟理子、弗拉德、佩特拉與夏洛克都知道這件事，或許爆發模式的事情早就已經透過大哥讓伊・U大部分的人都知道了也不一定。

「……沒錯。我雖然經常遇到必須仰賴那個自己的狀況，但我其實是很不願意進入HSS的。尤其是——在女性面前。像現在，我就是努力在發動邊緣忍耐著啊。」

麗莎聽著我講到最後的部分——

哭喪的臉微微露出了一點開心的表情。

然後維持著稍微把臉從枕頭中露出來的姿勢，繼續聽我說下去了。

「『那個我』與『這個我』是有點像不同人格的東西。萬一那個我做出什麼事，讓這個我無法承擔責任的話……那是不可饒恕的罪過。我不希望因為自己的體質，而犯下什麼罪過。所以說……抱歉，妳就原諒我吧。」

我誠心誠意地對剛才的事情道歉後——

「主人，謝謝您……願意清楚向麗莎說明。麗莎總算感到安心了。」

「安心？」

「……麗莎其實是在擔心另一件事。擔心主人是不是對麗莎這個女人——沒辦法產生那樣的感情。畢竟麗莎的膚色、眼睛顏色與主人都不同，原本又是砲火相交的眷屬一員……而且，誠如主人所看到的，麗莎並不漂亮。」

「妳在說什麼啦？麗莎妳——是個無可挑剔的美女啊。像現在，我就覺得很可惜哩。」

嗚哇，我這語氣。

我竟然在不知不覺間爆發啦。大概是因為慢火細燉的關係，讓我大意了。

麗莎，雖然我想應該已經沒問題了，不過還是拜託妳就這樣撤退吧。要是妳現在掀開棉被，我就會當場破功啦。搞不好會發生比砲火相交還要嚴重的狀況也不一定啊。

對不知不覺間進入了備戰狀態的我說著溫柔話語的麗莎——

將臉埋進枕頭後，又稍微把她那對翠玉色的眼睛看向我……

「麗莎我、麗莎我……變得比過去更加喜歡主人了呢……」

有點像在惡作劇似地留下這句話後，默默地站起身子。

接著對我行了一個禮，將摺好放在她身後的連身睡衣穿到身上。

在床邊的地板上端整地用日式禮儀跪坐下來……對我磕頭了。

「——對於今晚這樣不知檢點的行為，麗莎深感抱歉。不過，還請您答應麗莎一個不情之請。請您讓麗莎今後也能繼續陪在主人的身邊。麗莎是自古侍奉勇者大人的艾薇・杜・安克家的女人。麗莎希望能永遠、永遠擔任主人的女僕呀。」

聽到麗莎拚命的哀求，加上爆發模式下對女人比較天真的個性——我不禁催促麗莎抬起頭後——

「我雖然是個糟糕的男人，但還沒有糟到會剝奪女人的容身之處。而女僕的容身之處……就是主人的身邊。今後也是一樣，對吧？」

說出了足以讓剛才為止還因為絕望而哭泣的麗莎能夠宛如升天般露出笑臉的——

——不負責任的發言。而且還是用一臉燦爛的笑容。真是傷腦筋啊，爆發模式下的我。

睡意全消的我——想說之前被妖刕攻擊的傷勢已經幾乎痊癒了，今晚就稍微勉強自己一下吧。反正都進入爆發模式了嘛。

（……語言，總不能一直都仰賴別人啊。）

可靠的師團夥伴現在都不在身邊，我好歹也要增加一些自己能做的事情才行。

而為了達到這個目的，我就使出一點禁忌手段吧。畢竟這事關我能否生存下去啊。

——『猾經』。

這是一種利用連接爆發模式狀態與平常狀態的記憶定型術。

事實上，不管是誰，腦袋都會記住自己過去曾經聽過或看過的**任何事物**。

然而，要回想起這些記憶的時候，就必須要有打開記憶抽屜的鑰匙才行。

而那些鑰匙，其實是可以藉由人為方式創造出來的。「關鍵字（key word）」這個詞實在表現得很妙，像我在過去的經驗中也有學過像「諧音記憶法」之類的東西。

而所謂的猾經就是——

利用爆發模式下不需要鑰匙就能完全回想起所有記憶的能力，針對當中的特定類別，大量創造出抽屜備用鑰匙的技巧。利用這種方式，做好可以『較容易回想起事物』的準備工作。

而這些量產出來的鑰匙——在非爆發模式的狀態下，其實也能夠使用。

『只要有鑰匙，就能夠回想起來』——根據大哥的說法，這與其說是爆發模式的能力，還不如說是人類的大腦本來就可以近乎無限地辦到的事情。畢竟大腦就是一種潛藏著這些未知性能的超級電腦啊。

就像亞莉亞靠著她那顆經常忘記事情的遺憾腦袋，也能自由運用多達十七國的語言。可說是『大腦擁有無限可能性』的活生生的證據。

（包括日文在內……我也至少要學會兩國語言啊。）

於是，在深夜的一片黑暗中……我坐在客廳的沙發上，閉起眼睛，用右手的食指與中指按住自己的額頭——畢竟有可能會用腦過度而發燒，因此要一邊測量自己的體溫——不斷地、不斷地集中注意力……嘗試人生第一次的『猬經』。

在這段期間中，我的身體會動也不動。

看在旁人眼裡，或許會感覺像在冥想吧？

使用猬經並不會像平常念書那樣增加知識的絕對量，而是一種將自己看過或聽過的事物記憶定型的技巧。因此，我只是不斷在回憶。回憶起大量的記憶，然後量產出鑰匙。首先花上十分鐘精通國中英文，接著再回想至今為止學到的高中英文，這也花了十分鐘的時間。

然後進入可說是我唯一興趣的電影——

將西洋電影的臺詞連帶日文字幕一起回想起來。

（幸好我喜歡看美國電影啊。）

雖然我以前是想說，或許在爆發模式的時候可以實踐那些好萊塢電影中誇張的戰鬥動作，所以經常在看美國電影——不過現在看來，那些電影可以在不同於原本預定的形式上幫助我呢。

我逐字逐句地回想起電影中的所有臺詞，並全部記下。接著利用從中學到的知識……將背景人物們吵雜的對話也全部學起來。

針對我過去聽過的幾乎所有英文——

一一創造完相對應的鑰匙時，爆發模式也快要到結束前幾分鐘了。

剩下的幾分鐘時間，我就順便從以前經常看的義大利黑手黨電影中，學一學義大利文吧。雖然這樣學起來應該會很僵硬就是了啦。

就這樣，幾乎徹底利用完爆發模式的我……

「呼……」地深深嘆了一口氣，在長沙發上躺下來。

這實在是有夠累人的啊。

雖然要到明天測試一下才能知道成果，不過這下我應該對英文的聽跟說沒什麼問題了。

順道一提，當初開發出這招『猾經』的老祖先，因為利用這招背誦佛經——結果被和尚罵了一頓，讓這招在遠山家中遭到封印了。

至於要問到我為什麼會這招嘛，其實是因為我小學的時候跟大哥在玩投接球時，不小心敲破了庭院角落的地藏佛像——結果從裡面跑出來的書卷上寫的就是『猾經』的內容。而當時我跟大哥兩個人讀完書卷上的說明後，就用瞬間膠修好那尊地藏，湮滅了證據。雖然書卷上有寫說『永世禁止於日之本任何場所使用之』，不過畢竟這裡不是日本，應該沒問題吧，老祖先大人？

隔天早上——我心中感到極度尷尬，但麗莎卻一如往常地穿著女僕裝現身……

「早安，主人。麗莎這就去準備美味的早餐喔。」

依舊對我露出笑咪咪的表情。

看來她是為了不要重提昨晚的事情讓我不開心，所以發揮女僕的精神在體貼我吧？不過……我說妳啊，剛才那笑容有點僵硬喔？

就這樣，我們兩個人坐到餐桌旁，享用著荷蘭式三明治（uitsmijter）……

「今、今早的天氣真是晴朗呢。」

「下、下午大概會變陰吧？」

接著，就沒有對話了。我忍不住瞥眼看了一下麗莎，結果很不巧地，麗莎剛好也在瞥眼看我，害我們四目相交，又同時把視線別開了。

……『男女之間失敗之後的隔天早上』究竟該說什麼才好啊？

（話題……有什麼、話題……）

看著窗外一隻體色像貓熊一樣的喜鵲在枝頭上唱歌的樣子，我忽然靈光一閃。對了，我不是有話可以聊嗎？

「喂、喂，麗莎。」

「是、是的！」

「太、太大聲了啦。妳是在緊張什麼？呃……妳、會講英文嗎？」

「英文、嗎？是。荷蘭人九成以上都會講英文的。」

「那還真是厲害的國家啊……既然這樣，妳就說些什麼看看吧。」

「咦？呃……請問用普通的英文講話沒關係嗎？」

「——Babe, absolutely. Fire away.（是啊，那當然。就說說看吧。）」

哦！我的第一句英文，說得還頗自然的嘛。雖然是有點粗魯的講法啦，不過這是蘿拉・琳妮在《愛是您・愛是我（Love Actually）》中說過的臺詞。

麗莎聽到我這句跟那位得過艾美獎的演員用相同發音講出來的英文，稍微愣了一下後……

「Hey... My Lord! You speak English!（噢……主人！您講英文了呢！）」

「There's nothing to it.（這不算什麼啦。）」

「請、請問您為什麼忽然會講了呢？」

「Why does the sun come up? Or are the stars just pinholes in the curtain of night? Who knows?（就好像太陽為何會升起？星星為何會在夜空閃爍？那是不需要理由的……）」

好，說出來了。雖然這兩句都是引用電影臺詞啦。

前面那一句是蜜拉・喬娃薇琪在《惡靈古堡２：啟示錄（Resident Evil: Apocalypse）》中的臺詞，後面那一句是史恩・康納萊在經典名作《時空英豪（Highlander）》中的臺詞。話說，後面這句我記得跟亞莉亞剛認識時，她也有講過呢。原來她也有看過那部影片啊。

「真、真的會講呢！雖然講法有點做作，或者說有點像在演戲……」

「You ain't heard nothin' yet.（好戲還在後頭）——我們以後暫時都用英文生活吧。畢竟我是臨陣磨槍硬背起來的，還需要多練習啊。」

我接著從《爵士歌手（The Jazz Singer）》這部片中借用了電影史上第一句有聲臺詞，象徵我的第一次語言學習成果。

而聽完我這段表演的麗莎……

「——是！主人！」

總算恢復了一如往常的樣子，對我露出那張無可挑剔的可愛笑臉。

吃完早餐後，坐到沙發上的我……

心不在焉地看著現在我已經完全可以聽懂的ＡＢＣ新聞節目。

同時，再度思考著……

昨天，我在爆發模式的最後一刻推理出來的——

——師團叛徒的真面目。

正確來說，百分之百完全的叛徒……

並不存在。這就是爆發模式下的我得出的結論。

恐怕其實是百分之二十的叛徒，與百分之八十的叛徒……兩者互相組合，完成了間諜一人份的工作。

我必須要調查出其中的詭計——並加以阻止才行。等傷勢完全治好後，立刻行動。

啟程的時刻也近了。

就是現在，既不屬於師團，也不屬於眷屬的我們，要靠著只有兩人組成第三勢力，主動出擊。

4彈　颱風中的魔劍

布爾坦赫畢竟原本是一座要塞都市，因此路面的構造或高低差都有考量到便於迎擊入侵城內的人，也就是可以讓外部進來的人比較醒目。而我從之前就拜託過麗莎——如果有不是鎮上的人進入鎮內，就來告訴我。

「主人，今天好像會有教會的聖樂團來鎮上的樣子喔。」

在一個飄著細雪的早晨，出門買完東西回來的麗莎向我報告了這件事。

荷蘭的基督教勢力是天主教對新教大約三比二，而這座小鎮的教會是天主教會。

然後，天主教會的大本營就是……梵蒂岡。

（畢竟現在我跟師團的梅雅，可以說是對立關係啊。）

感到有點在意的我，透過窗簾縫隙監視著通往教會的小路——

便看到三臺全黑的骨董車——FIAT Tipo 509來到教會前。接著從車隊中陸陸續續走出十名左右、統一穿著白色法衣的修女們，進入教會中。

手中抱著樂器箱的修女們全都沒有戴頭紗，讓金色的秀髮露在外面。看起來很年輕，都是跟我同年紀，或是比我稍微小一些的少女。

（……？）

她們走路的方式與舉止，以及到了教會首先用視線餘光觀察出入口周圍遮蔽物的行為……

以武偵高中來說，感覺就像強襲科或諜報科的學生一樣。

大大小小的樂器箱也很可疑。不管重心還是重量，都跟推測裝在裡面的樂器不一樣。

看來她們並不是普通的聖樂團啊。

我這樣想著，並繼續觀察細雪中的那群少女——

「……！」

最後從車內走出來的，是身高與胸圍都比其他修女們大了一圈，白色法衣上的金絲刺繡也比其他人要多的……梅雅。

而彷彿是在迎接她的到來似地——

之前我在祭典那天看到的那隻掛有金色項圈的白鴿「啪沙啪沙」地飛過來，停在梅雅的手背上。

（糟了……！）

那畫面我過去也有看過。白雪會利用星伽鳳蝶、佩特拉利用聖甲蟲、卡羯利用烏鴉……這些魔女們都擁有「使魔」這樣的招式。

那是一種可以將蟲或鳥之類的生物當成自己的手下，進行偵查、諜報與攻擊輔助等等任務的魔術。

（那隻白鴿根本不是什麼信鴿，而是梅雅的使魔啊……！）

可是，梅雅一行人卻——

陸陸續續將糧食、文件、桌上型ＰＣ與螢幕搬進教會中，感覺並沒有要立刻進行搜家調查。她們似乎打算把這座要塞都市當成據點，展開廣範圍搜索的樣子。

看來……那隻白鴿並沒有像埃德加那樣高性能，頂多只能告訴梅雅『目標在這附近地區』這樣的情報而已。

然而，梵蒂岡卻能夠剛好在這麼近距離的地方設置據點，恐怕不是偶然。

換言之，那是靠梅雅『化偶然為必然』的幸運能力所辦到的。

（那個強化幸運……變成敵人就如此棘手啊。）

要是我現在被梅雅發現，就太危險了。

萬一狀況發展為戰鬥，我毫無疑問會慘敗。

對方有十人——相當於兩個小隊的戰力。而且在梅雅的底下，看起來訓練有素。

相對地，我方則是爆發模式早已結束的我一個人。

不，搞不好連一人份的戰力都沒有。雖然這樣講有點抱歉，不過我必須要在對戰的同時，保護在戰鬥上完全是個絆腳石的麗莎啊。

即使麗莎本身有投降的意思，但別看梅雅那樣溫和，她其實是師團首屈一指的過激分子。不但公開表示眷屬是害蟲，砍過希爾達的腦袋，在宣戰會議上也是差點把卡羯一刀兩斷的好戰型人物。原本身為眷屬的麗莎就算舉起白旗，也不知道梅雅會不會欣然接受啊。

萬一麗莎遭到攻擊，我就不得不跟梅雅戰鬥了。

但是——我根本沒有那個時間跟梅雅戰鬥。現在重要的應該是徹底查出叛徒的詭計，並阻止情報從師團外流。因為主犯依然還逍遙法外啊。

（現在要逃走才行了。）

我如此決定後，馬上確認自己的傷勢。

紅腫的狀況早已消退，頂多只是按了會痛而已。不至於會妨礙行動。

（雖然還不到完全治好的程度，但如果要轉守為攻——或許這是個好機會。）

於是我……轉身環顧這間寬敞而漂亮、住起來很舒適的家。

再見了，布爾坦赫。這段在荷蘭……與麗莎短暫的安居時光。

我在心中如此呢喃後——轉頭看向站在廚房開心地準備著午餐的麗莎……

「去收拾行李吧，麗莎。那個聖樂團是師團的戰鬥部隊啊。」

為了讓她切換心情，而提出了這樣的命令。

雖然天空已經放晴，但古老的石板路上依然覆蓋著薄薄的細雪。

到了最後的最後，布爾坦赫依然是一座保護著我們的小鎮——這裡的構造相對於可以清楚看到從外入內的人，從內出外倒是不太容易被發現，相當適合逃跑。

因此，打扮成克羅梅德爾的我，牽著用一套宛如上班女郎的西裝與眼鏡進行變裝的麗莎——踏著稍快的腳步，趕往小鎮唯一的出入口，也就是通往護城河外的橋。
就在這時……
（……怎麼回事？）
我看到在橋上以及周圍，聚集著一群人。
（不妙……）
大概是在我跟麗莎進行逃亡準備的時候跑過來的，梅雅與她的部下們也都聚集到那座橋上了。為什麼啊？
因為高低落差的關係，我可以俯視到那座橋的周圍……很快就明白了原因。
有小孩溺水了。
就在隨處可見薄冰漂浮在水面上的冰冷護城河中。
在橋上，看似家長的一對老夫婦正「法蘭茲……！法蘭茲……！」地呼喚著小孩的名字。
仔細一看，那名溺水的少年正是之前用狗嚇麗莎的那個胖孩子王。橋上還可以看到剛留下不久的機車胎痕。
我想他應該是在橋的欄杆上玩耍的時候，被機車撞下橋的吧？
畢竟待在遠處觀望反而會很顯眼……
於是我跟麗莎一方面為了逃跑，一方面為了混入人群中，而朝橋的方向移動。就在這時……

（……嗚！）

那群修女們為了救起溺水的法蘭茲，也從橋上朝我們的方向移動過來了。

我跟麗莎在橋上與她們所有人——包括梅雅在內——擦身而過。

可是卻沒有任何人發現我的存在。或許是因為大家的注意力都放在溺水的少年身上吧？

來到小鎮內側環視護城河的修女們，不知道是因為發現從那邊也很難救起法蘭茲的關係，還是因為身上那套衣服不適宜游泳，沒有一個人跳進水中。

圍在橋上的荷蘭人們也是一樣。雖然也有男的打算跳下去，卻被其他人制止了。至於理由，只要看一下護城河就可以知道。這條護城河是為了戰爭而建造出來的，河面寬，水深又深。為了讓敵人陷進去後就難以逃脫，兩岸的傾斜坡度也像懸崖一樣陡峭。

要是跳下去救人的話，自己也沒辦法上岸，只會徒增溺水的人數而已。

法蘭茲大概是被機車撞到的時候腳受傷了，沒在游水。掙扎的樣子看起來也沒什麼力氣，只能在距離橋面很遠的水面上載浮載沉。

麗莎她——擦拭著眼鏡底下的淚水。

一旦變成這樣，就不容易獲救。這大概就是在這個國家——荷蘭大家都明白的命運吧？

而且現在……我們……也沒辦法去救他。

（算你運氣不好啊，法蘭茲。）

我們可不能在這種地方被梅雅發現。我必須為了證明自身的清白，再度踏上旅途才行。要渡過這座橋，離開這座小鎮，而現在就是踏出那第一步的時候啊。

……可是……

喂，我的腳啊。

為什麼？都到了這個時候——

明明就快要走出布爾坦赫的。

為什麼、要跑回橋上啦！

為什麼要那麼奮力奔跑啦？要跑也應該是往反方向跑吧？趁現在梅雅她們的注意力都被法蘭茲引開的機會，我們一定可以成功逃走的啊。

「請、請留步呀，主人！那等於是去送死呀……！」

看，麗莎也在後面慌張了不是嗎？

金次，你是那個嗎？你還在自以為是正義使者嗎？

扮成克羅梅德爾的樣子做出那種事，也一點都不帥氣啊。還是說，你想證明師團的自己是『好人』嗎？

不——不對。

根本沒有什麼好人壞人的分別。師團跟眷屬都是一樣的。這種事在布魯塞爾就應該已經學到了才對。

這世上根本沒有什麼正義使者。這種事情應該早就知道了。說到底，『正義』這種東西本來就不存在啊。

但是，啊啊，該怎麼說呢？

人道、道義——這樣的東西至少還是存在的吧？

雖然那是比『正義』更曖昧不明的『義』，但卻也是存在更確實的『義』。

現在，我身為一個人應該走的路，不是丟下這名少年離開小鎮。就只是這樣。現在的我，之所以在梅雅她們眼前——

準備跳入冰冷而深邃的護城河中，就只是因為這樣而已啊！

「不可以呀，主人！那條護城河底部都是汙泥，一旦掉下去就沒辦法回到岸上了！」

麗莎為了隱藏真面目，用英文對我發出警告。但是——

「丟下快死的傢伙逃跑的話，晚上會睡不好覺啦。睡眠品質可是很重要的。」

我這次用英文對麗莎說出了之前在地下道拯救她時說過的同樣臺詞。

「麗莎，這是我身為主人最後的一道命令。妳快逃。祝妳幸運。」

我說著，將僅存少量現金的錢包塞到麗莎手中——把打算伸手制止我的荷蘭人們——「啪！啪啪！」地用以前在強襲科學過的招式甩開他們的手。

「……主人……！」

背對著麗莎的呼喚聲，跳入河中。用克羅梅德爾的打扮。

啪沙……！

讓我全身都沉入其中的護城河——完全是一片冰水。

要是我剛才沒有全速奔跑當作暖身運動，現在應該早就心臟麻痺而掛掉了。

因為我穿著風衣、戴著假髮跳進水裡的關係，必須要著衣游泳才行。不過這時我也發揮出在強襲科訓練的成果，奮力撥動水面，游到溺水的法蘭茲身邊。

「Heeelp（救命啊）……！」

「撐下去！」

被我抱在手中的法蘭茲雖然已經吃了不少水，但應該還不到致死的程度。然而，因為衣服吸水的關係，比外觀看起來的體重還要沉重。要抓著法蘭茲著衣游泳，應該會很困難。

「Zwemmen aan de muur（游到石岸邊）！」

「Forza（加油）！」

鎮上的居民們以及萬萬沒想到我就是遠山金次的修女們——都紛紛為我大聲打氣。我一邊掙扎著手腳游動身體，一邊確認橋上。麗莎的身影已經不見了。很好，看來她確實聽從我的命令，乖乖逃走了。

我讓法蘭茲的頭盡可能浮在水面上，同時往石岸的方向游動。但就在這時——噗哧——往斜下方踢水的腳……忽然陷入了某種**黏質**的東西中。

——是淤泥。像黏土的爛泥纏住了我的腳。法蘭茲剛才之所以沒辦法游泳，並不只是他的腳受傷而已。他也被這堆爛泥纏到腳了。

不妙。我越掙扎，腳就陷得越深。就算想游……也沒辦法游啊。

就在我不知所措地沉在冰水中，因為寒冷與危機感而臉色發青的時候……

噗噗噗噗……一陣重型機車的聲音從遠處朝橋上接近過來……啪——！

一名女性的身影從護欄邊往護城河跳下來了。

漂亮的姿勢，簡直就像游泳選手一樣。

大概是個伊斯蘭教徒吧？那名年輕女性的頭部包著絲巾，眼睛也被瀏海遮蓋。不過身上的服裝倒是像從前的機車玩家一樣，穿著黑色皮衣與褲子。

那名女性用蝶式游過來，衝撞似地用力抓住我跟法蘭茲。隨著她這個動作，很幸運地——纏在我跟法蘭茲腳上的爛泥像魔法一樣解開了。

（就是現在……！）

我——跟那名女性攜手合作，把法蘭茲運向護城河的石岸。一邊留意自己的腳不要再被爛泥纏到，一邊拚命游著、游著——總算抵達了石岸邊。

然而，這條護城河的河岸並沒有那麼簡單可以爬上去。

七十度左右的陡峭斜坡，加上表面有朝向下方排列的生鏽鐵刺。簡單講就是『防忍者裝置』的一種。而且那個牆面還很壞心地建造成波浪狀，讓人沒辦法從岸上丟繩索下來。就算丟下來了，也沒辦法把人拉上去。

真不愧是擊敗拿破崙大軍的必殺護城河。我完全想不出什麼爬上去的方法啊。

「……」

跟我一起抱著法蘭茲的包頭巾女性也……

似乎想不到爬出護城河的點子，而讓塗有口紅的嘴唇彎成「ㄟ」字形了。

難道我們三個人就要這樣讓冰冷的水奪去體溫，力竭而死嗎——正當我這樣想的時候……

「主人！」

從我們的**側面**傳來了聲音——

「！」

我忍不住轉過頭去……

看到一艘表面釘有黃銅板的老舊小船，「嘰、嘰」地撥著船槳游過來……

（……麗莎……！）

我與船上的麗莎不禁四目相交。

在船頭……雕有那位要什麼有什麼的房東家的家紋——瓢蟲紋路。房東太太，妳連這種東西都有啊？

我小心翼翼讓假髮不要脫落，爬到船上……接著跟麗莎分別抓住法蘭茲的雙手，把他拉上來。頭包絲巾的女性也在下面推著法蘭茲的屁股，好不容易才讓他上了船。

話說，法蘭茲，你還真重啊。要長得這麼胖也是需要才能的。如果你到日本來，將來或許可以靠相撲大賺一筆呢。

仰躺在船上「吁……吁……」地喘著氣的法蘭茲……畢竟看起來很有體力，應該沒什麼問題。於是我決定先把他擱在一旁……

轉身面朝麗莎坐下來……

「……我不是叫妳逃嗎？」

以主人的身分稍微抱怨了一下。可是麗莎卻對我露出笑咪咪的表情。

「我有逃呀，只是又跑回來了而已。這樣不算是違背主人的命令喔。來，我們從那邊爬上去吧。」

她用笑臉對我打馬虎眼後，伸手指向橋的方向。

小鎮居民們切了一段消防水管過來，正在把水管垂到橋下。

最後從水面上——

「……」

頭包絲巾的女性也不發一語地爬上了小船。

看到這位勇敢的女性……身上的服裝，我不禁瞪大雙眼。

那件黑色皮夾克上，滿滿都是金色的圓釘。手指上也都戴著金色的指環。還有像『♀』符號的古代十字架項鍊，也是金色的。從光澤上看來，這些全部……都是24K金啊。

搞不好她才真的是從阿拉伯來的有錢人，或是藝人也不一定。畢竟她用絲巾遮著臉部啊。

那位女性用手指擦拭了一下蛇皮腰帶後……

「……」

重新把浸溼的絲巾綁好，轉身背對我們……坐到小船的後尾。

接著就什麼話也沒說了。我跟麗莎不禁面面相覷了一下……嘰、嘰。

兩個人搖著船槳，回到居民們為我們歡聲喝采的橋下。

我們一人接一人被拉到橋上後——法蘭茲的祖父母抱住我的身體，不斷對我道謝。

不妙的是……

那群修女們也你一言我一語地大聲稱讚著，並來到我們面前了。

我對麗莎竊竊私語，要她向周圍的人轉達「主人說她『只是忽然想游泳而已，大家不用在意』。」讓現場進入一片活動結束的氣氛中，並準備轉身離去的時候——

我那頂沾了水變得比較滑的假髮，被法蘭茲的祖母劃十字的手勾到，而稍微歪了一下。

「……嗚！」

我趕緊把假髮戴好後，也不理會拿衣服來給我換穿的荷蘭人們——

全身溼透地帶著麗莎打算快快離開小鎮。

（搞不好——剛才那一幕有被那群修女看到了也不一定。）

我假裝對為我喝采的居民們輕輕揮手致意，並確認修女們的反應……

……勉強……算安全過關了。

那群修女們雖然一臉狐疑地看著我，但並沒有追上來。

或許我變裝的事情已經被發現了，不過……男扮女裝的事情在這時發揮了效果。修女們似乎並沒有察覺到我就是遠山金次。至少她們沒有那個把握。

我跟麗莎在橋上走出人群——就在這時……

「……遠山？」

從遠處傳來梅雅清楚的聲音——

被呼喚名字的我於是就不經意地……

真的是不經意地——轉回頭了。

糟啦……！

在我轉回頭對上視線之前，梅雅都還只是皺著眉頭露出『應該不會有那種事吧』的表情。然而，當她看到我就像是在證明自己是遠山一樣轉回頭……頓時就「！」地睜大深藍色的雙眼，表現出驚訝的樣子了。

簡單講，梅雅剛才的呼喚，是在試探我。

而我就這樣乖乖上鉤了。

自己證明了這個克羅梅德爾就是遠山金次。

——穿幫了。快逃！

就在我準備拔腿逃跑的時候……鏘鋃！

不知道為什麼，竟然還有另一個人對梅雅的那句『遠山？』給嚇到了。

就是剛才那位頭包絲巾的黑皮衣女子。她像個搞笑藝人一樣讓剛扶起來的哈雷機車又倒下去，同時轉頭看著我。為什麼啊？

被那個聲音嚇到而轉頭看向絲巾女的麗莎則是……啪！

在我身邊腳一軟，癱坐到地上了。

搞、搞什麼啊？這一連串的驚訝連鎖動作？

「佩、佩特拉大人……！」

聽到麗莎的聲音——

這次換成我腳軟了。

被原本是眷屬的麗莎看穿後，「唰！」一聲把絲巾扯開的皮衣高跟鞋女郎……

不就是佩特拉嗎！

怪不得剛才在護城河中纏住腳的爛泥會像魔法一樣被解開啊。那想必是被真正的魔法解開的。畢竟佩特拉可是「砂礫魔女」啊。

而且佩特拉以前在台場也有說過自己很擅長游泳。這一點也難怪啊。

「麗莎。妾身雖然靠占星術找到了妳的下落……卻晚了一小步，沒想到梅雅竟然也來了。話說回來，剛才妳在船上——在遠山金次面前那神采奕奕的表情是什麼？明明妳在伊・U從來都沒有露出過那種笑容呀。」

用手把妹妹頭梳整齊的佩特拉——

看來是為了追捕脫逃的麗莎，才變裝潛入荷蘭來的。

不過她也知道自己已經被梅雅發現，而扶起機車打算逃跑。

就在梅雅她們撥開著人群追過來的時候——

「遠山金次，看來你……也正在被師團追捕的樣子呢。誰叫你要跑去救什麼小鬼頭，這下逃不掉了吧？」

聽到佩特拉用瞧不起人的態度說著這種話……

「妳還不是一樣，佩特拉？妳明明是偷偷潛入師團的勢力範圍中，這下還不是被發現了？不過……原來妳的心地也頗善良的嘛。我有點刮目相看囉。」

我也把假髮跟行動不便的風衣脫下來丟到一旁，恢復防彈制服的打扮回敬了她一句。

「妾、妾身是——呃、剛才那只是、偶然、忽然想游泳而已啦！」

佩特拉頓時滿臉通紅，學我剛才的臺詞對我大吼著。

「話說，看來師團起內鬨的情報是真的呢。鰤鰤鰤鰤！」

她接著大笑起來——啾、啾！

伸出手指，對護城河的方向拋出兩、三下飛吻。

結果水面冒出一些泡沫……從護城河中出現了好幾隻……

（眼、眼鏡蛇……？）

恐怕是用河底的淤泥做出來、但外表相當逼真的眼鏡蛇，沿著石岸爬了上來。

那群眼鏡蛇很快聚集到橋上，穿過驚慌失措的居民們腳下——爬到哈雷機車的周圍。

我原本還在疑惑她做出假的眼鏡蛇究竟打算做什麼，不過……

佩特拉的腰帶——看似蛇皮腰帶但其實是真的眼鏡蛇，掉落到那群假眼鏡蛇之中，洗牌似地不斷爬動。

等到讓人分不出究竟哪一隻才是真的眼鏡蛇時……那群蛇便「唰！」地散開。

「……嗚……！」

我雖然想把爬到腳邊的眼鏡蛇踢開，但如果那是真的眼鏡蛇就太危險了。

麗莎也哭著臉抱住我的身體，這下根本沒辦法逃跑啦。

「齁齁齁！麗莎，妾身這次就放妳一馬。妳帶著遠山金次，到龍之港來吧。」

佩特拉留下這句話後……

輕輕跨上機車，「隆隆隆……」地發動了引擎。話說，我現在才想到，把法蘭茲撞下河的根本就是佩特拉吧？從那胎痕上判斷。

因為橋上出現大量眼鏡蛇的關係，荷蘭人們被嚇得四散逃逸——

修女們也紛紛發出尖叫聲，四處逃竄著。

然而，在這片慌亂的場面中……轟！

彷彿是在重振大家的精神似地，發出了沉重的金屬聲響。

「少女們，不得驚慌！那是魔女的法術！面對魔女卻臨陣逃跑的人，我將會施予神罰！用物理性的方式！」

用義大利文——我大概聽懂三成左右——大叫的梅雅……唰！

在修女們的身後揮舞她那把巨劍，發出撕裂大氣的聲音。感覺那與其說是在嚇唬我們或佩特拉，還比較像是在威脅自己的部下們。

因此被嚇到半死的修女們……

額頭流著冷汗，停下逃竄的腳步——鏘鏘！

隨著一陣鈴鐺般清脆的聲響，紛紛從法衣中拔出細長的雙面刃。

接著同時轉身面朝佩特拉的方向。

那動作看起來相當訓練有素。她們果然不是普通的修女啊。

在日本來講就像僧兵一樣。真要說的話，就是修女兵了。

「那是『砂礫魔女』佩特拉！只要成功獵捕出名的魔女，在殲魔科就能一口氣獲得二十個學分，可以悠閒地玩上半年呢！Adonai melekh neeman!」

梅雅明明之前才跟銀冰魔女（貞德）攜手合作過，現在卻雙眼發直地詠唱出像梵蒂岡經文的咒語——老實講，那氣勢感覺就像只要對方是魔女，管他是誰都想獵殺的樣子。

「——想打倒妾身？梵蒂岡的人對自己做不到的事情倒是叫得很大聲呢。鞠鞠鞠！」

佩特拉就像是要把我們撞開一樣，「唰！」地回轉車身後，從她的身上——咻！

指環跟圓釘變形成金色的子彈，宛如霰彈槍似地朝修女們飛去。

修女兵們「鏘鏘鏘！」地把即便沒有手槍子彈的速度，但也相當高速朝她們飛去的子彈掃開。然而，那些子彈只不過是障眼法罷了。

佩特拉真正的攻擊──是用項鍊做成的一顆像棒球大小的金屬球。

那顆球朝著梅雅的頭部飛去──

「──神罰代理──！」

哐鏘────！

隨著一聲刺耳的金屬聲響，梅雅把扛在肩上的巨劍當成球棒，用力把金屬球敲了回去。那揮棒姿勢就像洋基隊的強打者──羅賓森・坎諾一樣。

被擊回來的球命中佩特拉身邊的木頭護欄，當場把護欄粉碎了。

簡、簡直怪力無窮啊，梅雅。根本是人肉大砲了。

就連佩特拉也忍不住縮起脖子，而依然雙腳發軟的麗莎則是當場跌倒──

「……呿！竟然沒擊中。」

梅雅也不理會倒在地上的修女兵們，咂了一下舌頭。

大概是不想跟這怪力女正面交鋒的關係，佩特拉用力催下油門……騎著車當場撤退了。有一隻眼鏡蛇也跳起來咬住機車後輪旁的包包，跟著逃逸。看來那隻就是真正的眼鏡蛇了，訓練得還真好呢。

我雖然也想趁機逃跑──但不知不覺間，我的雙腳已經被淤泥做成的好幾隻眼鏡蛇纏住，動彈不得了。

該死的佩特拉。她是為了讓梅雅不會追上去，而把我丟下來當成誘餌啊。

修女兵們身上的法衣似乎是防彈纖維製的，因此大家幾乎毫髮無傷。

腳程慢的麗莎也來不及逃走，只能像在保護我似地呆站在原地——

——就這樣，我與麗莎落入梅雅那群梵蒂岡勢力的手中了。

被修女兵抓到的我們，進入了小鎮中心的教會中。

她們身上都有配備武裝，另外還有戰鬥力相當於佩特拉、卡羯、希爾達等級的梅雅。

平常狀態下的我不管怎麼掙扎，應該都逃不掉吧？更何況我現在還帶著麗莎啊。

（而且……）

我現在還是暫時觀望情勢比較好。

因為梅雅並沒有立刻對我們發動攻擊。

抓住我們的時候，修女兵也都把武器收起來了。

這代表至少還有談判的餘地吧？

我們從側廊進入石頭建造的教堂中——看到眼前是一片五顏六色的花窗玻璃與精緻的天花板壁畫，相當豪華。長年使用下來的主祭壇以及供奉的蠟燭……也帶有宛如日本那些古老神社或寺廟一樣真實的感覺。之前我跟白雪進入的那棟台場的簡陋禮拜堂根本無法比擬。

「……天主教堂還真是華麗啊。」

我想說要試探一下梅雅的態度，而在側廊稍微丟出一個話題。結果——

「哎呀，遠山應該去參觀一下羅馬的聖彼得教堂呢。這裡只是鄉下地方的教堂而已喔。」

梅雅「呵呵呵」地用柔和的笑臉回應我。

果然……她的表情是有點僵硬，但感覺並沒有敵視我的意思。

後來，我跟麗莎被分配到地下室的小房間中——雖然有修女兵監視，不過還是有暖氣可以烘乾衣服，也有提供熱呼呼的湯、麵包與咖啡。

就這樣被軟禁了一段時間之後……

放下頭髮、自己似乎也用過一餐的梅雅再度現身，讓修女兵退下了。

接著，她將房門關上後，立刻就——

「遠山……！能夠再次見到你，真是太好了……！感謝主……」

眼眶泛著淚水，冷不防地緊緊抱住了坐在椅子上的我。

（等等、喂、喂喂……！）

突如其來的狀況讓我無從閃躲，結果、我、我的臉——

就埋到梅雅那對核動力空母級的豐滿胸部中了。即使隔著白色法衣，但還是可以感受到那超越白雪、中空知那些超級戰艦級胸部的壓倒性分量……以及加糖牛奶般的甜美香氣……！

而且梅雅是比我年長一歲的姊姊。即使只差一歲，年長就是很不妙啊！

雖然我不清楚原因，但從過去的經驗判斷，我在爆發性的事情上就是對年長的女性很沒抵抗力！

（話說，快、快點放開我啊！我要窒息了……！）

大概是耶穌先生聽到了我的祈求，梅雅很快就解放我了。可是──

……唔唔唔……

這、這次又是怎麼回事……

規規矩矩地坐在我斜前方的麗莎，正露出可怕的表情瞪著梅雅。

「──修女大人，妳的胸部還真是雄偉呢。」

面對不知道為什麼因為剛才那一幕而火大起來，難得顯得相當不悅的麗莎──

「嗯？哦哦，妳說這個嗎……這只會重得讓人肩膀很痠而已喔？」

梅雅只是回了一個苦笑。明明被麗莎狠狠瞪著，卻還是表現出一副友好的態度。

「──請妳不要再讓那些修女們回到這間房間了。剛才她們為主人準備餐點的事情讓我很不愉快。照顧主人的生活起居，應該是我的工作。請不要讓我以外的人侍奉主人。」

大概是身為女僕的自尊受到傷害了，麗莎「哼！」地撥了柔順的金髮，把頭別開。

「……我明白了。雖然我不清楚妳是誰，但我對於讓妳感到不開心的事情還是深感抱歉。那麼……遠山，我有些事情要跟你說。」

梅雅對麗莎行了一個禮後，牽著我的手打算把我帶出房間——

於是我用眼神示意麗莎「不要輕舉妄動」之後……從座位上站了起來。

在教會的側廊，有一個格紋雕刻的古老木頭小房間。

裡面的狀況看不太清楚，感覺是像木製電話亭的立體物。

梅雅讓那附近的修女兵也退下後，讓我從其中一邊的入口進入了小房間。

在這間勉強可以擠下兩到三人的昏暗狹窄房間裡——

正中央有一塊像隔板一樣、同樣也是用深褐色木頭製成的格子板。

（總覺得，好像看守所的會面室啊。）

我坐到椅子上後，梅雅就從房間另一側的入口走了進來。

嗚……不妙啊。在這狹小的空間中。

梅雅一進入房間，就頓時讓空氣中充滿了難以言喻的甘甜奶香。

歐美人因為餐食與入浴習慣與日本人不同的關係，體味相當明顯，經常讓人感到困擾——不過，那也要看氣味的發生源頭是誰。如果是像這樣的一位美女，而且是剛剛才把巨乳貼上來，讓我意識到對方是個異性大姊姊身上飄出來的芳香……對於天生鼻子就很靈敏的我來說，會讓體內的爆發指數不斷攀升，在別的意義上是個困擾的要素啊。

就在我幾乎快要爆發而在腦中開始算起質數的時候，隔著一道格子板若隱若現的梅雅便開口說道：

「不好意思，把你帶到這樣狹窄的地方來。這裡是告解室，本來是讓接受過洗禮的基督徒可以向聖職者告白自己罪過的房間。我向上帝發誓，你在這邊說過的話，我絕不會對外洩漏。」

「……也就是保有機密性的意思對吧？我可以信任嗎？」

「在這房間中，就算對方告白了自己殺人的罪過，修女也不會告訴任何人——甚至對警察也不會洩漏，同時也不會留下任何紀錄。這是在宗教上絕對的規矩。請你儘管說出你想對我說的話吧。」

梅雅表現出等待我開口的態度。在一片不斷刺激鼻腔的女人香氣中——

我沉默了一段時間後，決定恭敬不如從命了。

「……貞德回到師團了嗎？」

「還沒有。」

「妳懷疑我跟貞德嗎？」

「在這裡——我只能陳述真實，或是保持沉默。對於你的提問，我願意陳述事實。我並沒有懷疑你們。」

「……」

「之前也有說過了，我是一名信者。是藉由相信的力量，獲得神的庇佑。對於自己的同伴，無論是誰我都不會懷疑的。」

原來如此。

——梅雅。

謝謝妳。

另外，妳就是叛徒的其中一人了。

剛才這些話，讓我再度確信了這件事情。

多虧剛才被妳抱住而讓我進入半爆發，來到這間房間又提升到八成爆發的關係，讓我確定了……梅雅就是我推理出來的叛徒之一，也就是那個只有百分之二十的叛徒。

不過，詳細的事情我現在還是先不要說比較好吧。

這也是為了查出真正的叛徒——那百分之八十的一方，並阻止間諜行為啊。

「……遠山。」

就在我如此思考的同時——

梅雅從她那對豐滿胸部的乳溝中，抽出了一張折成四分之一大小的A4紙張。

接著，將那張紙從木格子板下方的縫隙遞給我。

「我想遠山之所以會離開布魯塞爾，應該是有你的考量。而我為了證明你的清白，也有私下展開行動。然而，自由石匠方面依然認為遠山有嫌疑，而遺憾的是，梵蒂岡也是抱著同樣的想法。」

我打開她交給我的紙——是KLM航空公司的電子機票。上面說明這張機票已經預約完成，只要到機場刷一下條碼，就可以獲得登機證。

至於目的地——是約翰・F・甘迺迪機場。也就是紐約。

「我這次是來救你的。請你用那張機票，暫時逃離歐洲吧。過年後我與玉藻進行電話會議時，聽說過GⅢ就在美國。我相信他一定會願意藏匿你的。」

這個讓我離開歐洲戰線的計畫——或許也是代表梅雅已經察覺到我發現了內奸的真面目吧？

雖然感覺好像被她玩弄在手掌心中，讓我有點不甘心……

不過，既然自由石匠已經是我的敵人，我繼續留在歐洲也沒有勝算。

還是暫時先撤退吧。然後將美國與日本的師團拉為自己人之後再回來，會比較有利。

我如此判斷後——

「感謝妳了，梅雅。另外我還有一個請求——拜託妳再多準備一張機票。跟我在一起的麗莎……那女人是從眷屬逃出來的逃兵啊。」

「哎呀，真是驚訝……我很自然地以為那是遠山在當地找到的二奶呢。」

「什、什麼二奶！我明明連老婆都沒有，為什麼妳自然就會想到我先在當地娶了個二奶啦！」

「因為說到遠山，就是一位會給予各式各樣的女性那種機會的可靠男性呀——大家都很期待喔？包括我也是。」

「什麼叫『說到遠山就是』啦？我什麼時候做過那種……」

「無時無刻。」

「不要露出笑臉馬上回答好嗎！聽好了，我是──」

就在話題開始扯遠的時候……叩叩叩！

告解室的門板忽然被敲響了。

於是梅雅正襟危坐，將手伸到背後稍微打開門──

「有什麼事？我應該說過不准靠近這裡的。難道妳想接受騎乘式巴掌二十下的神罰嗎？」

接著大聲斥責在門外露出膽怯表情的修女兵。用義大利文。

這個人對部下還真是嚴苛呢。

「那、那個、有您的緊急電話。是『上頭』打來的。」

恐懼不已的修女兵遞出了一個手機給梅雅。

「……」

在徹底實行階級制度的天主教會中，梅雅似乎也沒辦法違逆上頭的意思──而走出了狹小的告解室……

把我留在房內，自己到外面講電話了。

通話的內容……有點長。

雖然是義大利文，不過我聽到了好幾次『lui（他）』、『aeroporto（機場）』等等單字。似乎是在講有關我的事情。

（是順便在幫我申請另一張機票嗎……？）

我試著偷聽了一下梅雅說的話。

「——用破門威脅人會不會太惡質了？您應該知道，只要聽到那種話——不管是誰都沒辦法反對了呀。不過，既然如此……就請您不要下達戰鬥的命令，因為那在戰略上是錯誤的判斷。您應該也很清楚遠……他的稱號吧？他是很強的。就算有學妹們掩護，我能打贏的機率也只有一半呀。」

雖然我只聽懂了三成左右，不過梅雅似乎作夢也沒想到現在的我已經可以稍微理解義大利文了——

而多虧她講話清楚的關係，讓我聽懂了幾個單字……看來……

對話的內容相當危險啊。

聽起來似乎是對方打算讓我跟梅雅戰鬥的樣子。

「而且，他是師團的代表戰士，也是一路攜手戰鬥過來的盟友。我很喜歡他。我不想跟遠……跟他戰鬥呀！」

對著電話喋喋不休的梅雅，接著露出反被對方喋喋不休的表情。

「那麼……我會負責把他帶到機場去的。Adonai melekh neeman。」

將電話掛斷的梅雅——

不甘心地緊握了一下手機後，將手機遞給修女兵。

她雖然剛才一直表現得像我的同伴，但現在似乎已經變成敵人了。

看來我又必須找機會逃跑才行啦。但是，帶著麗莎究竟能夠逃到多遠呢？

就在我陷入思考的時候……

梅雅並沒有回到告解室中。

她只是背對著這裡，低頭沉默。

一旦進入這間房間，梅雅就不能說謊。她大概是不想冒上說溜嘴的風險吧？

……既然如此，就由我主動向她確認好了。

於是，我走出告解室——在大走廊上對梅雅的背影搭話：

「梅雅，告訴我一件事。妳……應該多少已經察覺到，有人將師團的情報流通給眷屬了吧？」

聽到我的聲音，梅雅並沒有回頭……只是用壓抑著感情的聲音回應我：

「我是一名信者。就算有察覺到，也不會懷疑。因為這就是相信。」

怪不得……都沒有人可以清楚發現究竟誰才是叛徒啊。

梅雅的這個行為，是在法庭之類的地方經常引起議論的——「未必故意」的亞種。

也就是即使知道對方「有可能會犯罪」，也依然幫助或放任對方的行為。

雖然在梅雅的場合，她協助犯罪的理由極為特殊……

不過就是她的信條，反而害了她。

她雖然知道「事有蹊蹺」，也有察覺到自己說過的話會被傳到內奸的耳中，卻還是依然與同伴繼續共享情報。因為梅雅不會懷疑任何人。

──相信。

這本身是一件好事，但也是很危險的事。就好像我因為相信貞德，而在師團內部被逼到絕境一樣。對於這樣的危險性，梅雅太沒有警戒心了。她為了獲得「強化幸運」的庇護，長久以來都不得不鬆懈自己的警戒心。

因此──真要說的話，可以算是某種狂信者的梅雅──雖然沒有惡意，但還是成為了持續將前線情報提供給內奸的共犯。

然而，內奸究竟是誰？那個人物為什麼要把師團的情報流通給眷屬？

另外，貞德為什麼會把我帶到妖刕的地方？

在這些謎團還沒解開之前，這件事……距離「事件落幕」還很遠呢。

「遠山真是一位直覺優秀的人物呢。我很清楚你想說的話，也知道你已經理解到什麼程度了。但是，我不會放棄相信。當我放棄的時候，我的身體……會受到至今為止受過的恩惠──強化幸運的反撲。我將遭受到戰鬥上各式各樣的惡運。想必……那將會難逃一死吧？」

梅雅說著，轉回身子。

「──請問你要在這裡打敗我嗎？遠山？」

她的眼神，是在某種程度上──已經做好覺悟的眼神。

即使面對不知道能不能獲勝的對手，也不惜一戰。

就是抱著那種打算的眼神。

「只要你打敗我，或許問題的源頭就會被根除，歐洲戰線也或許能夠翻盤喔？」

……嘶……

從梅雅的身上——微微開始釋放出殺氣了。

一秒鐘、兩秒鐘，隨著一片沉默……

大走廊上漸漸被一觸即發的氣氛籠罩。

「……」

「……」

如果是現在……瞬間上來講，是一對一的局面。跟當時在布魯塞爾的那一晚不同。

而且爆發模式已經近乎發動了。

至於手槍——我有。因為梅雅她們並沒有解除我的武裝。

該怎麼做？

該怎麼做啊，金次？

我的額頭不禁滲出汗水——

就在這時……

……喀啦……喀啦喀啦……

花窗玻璃忽然開始發出聲響。

怎麼回事？總覺得這棟石頭建造的教會整體……似乎在搖晃的樣子。

搖擺的幅度變得越來越大。感受到震動的梅雅也中斷了與我的對峙，開始左右張望。看來這不是梅雅的魔術造成的。

「地震……？」

「爆炸……？」

我跟梅雅同時發出疑問，不過日本人與歐洲人在遇到震動的時候首先會想到的事情似乎有些差異——而雙方看來都猜錯了。

修女兵紛紛露出恐懼的表情看向窗外。

外面的狀況不太尋常。

——是強風。

在教會外，布爾坦赫的鎮上——正吹颳著宛如颱風的強烈暴風。教會的震盪，是因為風引起的。再說，荷蘭根本就是個沒有地震的國家啊。

隨著那陣風——咻！

——是弓箭嗎？一道影子飛過窗外，轟……！

這次伴隨著爆炸聲響，教會又搖晃起來了。

「……風……『颱風的莎拉』……！」

臉色發青的梅雅……

「鏘！」一聲讓巨劍從法衣背後掉落到教會地板上。接著任由巨劍往右傾倒，同時用右手抓住握把——但她的目標不是我，而是注視著屋外。

「敵襲！」

「敵襲——！」

修女兵們大叫著，伸手指向窗外。好幾支弓箭正順著強風、有如導彈般在空中劃出弧線飛過來。

前端裝有炸彈、像小型飛彈的弓箭——

——轟！轟！隆隆……！

接二連三地命中教會，讓石頭牆壁開始崩塌了。

光靠那尺寸就有如此強大的威力，看來那是CL－20炸藥。威力是TNT炸藥的一點九倍，是最新的高性能炸藥啊。

「遠、遠山！請到外面……避難！是眷屬的襲擊呀！」

花窗玻璃因震動而破裂，碎片在吹進屋內的暴風颳掃下，化為五顏六色的利刃飛舞在禮拜堂中。

（……眷屬……！）

聽到這句話，我也立刻拔出貝瑞塔——轉身衝向麗莎所在的地下室。不過從牆壁上剝落下來的壁毯剛好遮蓋住了通往地下室的樓梯。

遭受敵人轟炸攻擊的現在，地下室反而可以當作安全的防空洞吧？

「……麗莎！妳躲在那裡別動！不用擔心——我一定會保護妳！」

我站在側廊對現在應該感到很害怕的麗莎如此大叫後……便聽到麗莎「是！主人……！」的回應聲。

接著，我對手握巨劍、召集著修女兵的梅雅露出苦笑——

「梅雅，叫我『避難』也太見外了吧？我不管別人怎麼想，至少都認為自己是師團的一員啊。讓我一起戰鬥吧。」

說著，對她亮出手中那把冰銅銀色的貝瑞塔。

面對那樣的我，梅雅頓時露出感到可靠的——相信我的笑臉，對我點點頭了。

我們穿過被轟炸攻擊破壞的正面大門，保持警戒來到屋外——

碰！碰碰碰碰！忽然從前方與左右兩側的小巷中傳來槍聲，宛如十字砲火的9mm子彈朝我們飛來。

「嗚喔！」

「嗯……！」

——鏘鏘！鏘鏘鏘鏘！

我用彈子戲法彈開幾發子彈，梅雅則是用巨劍當成盾牌，保護隨後跟上的修女兵們。

我們一步、兩步地又往後退下——

「剛才的槍聲是……華爾瑟P38，還有魯格手槍。是卡羯那群人。」

「應該是佩特拉帶來的吧。真後悔剛才讓她逃掉呀。」

梅雅在巨大的胸前「唰、唰」地劃了一個十字——

看來她面對自己痛恨的眷屬，願意跟我一同戰鬥的樣子。

「——遠山，請看向道路那邊……風車小屋的葉片上，有一名身穿灰色西裝式制服、綁著水藍色蝴蝶結的少女。」

梅雅說著，將修女兵交給她的軍用望遠鏡遞到我手上。

於是我用望遠鏡確認了一下她所說的地方……

在方位固定得像個十字架的風車葉片最頂端——

有一名年約十二歲的少女，一臉無趣地站在上面。

她雖然斜著眼睛，不過依然是個給人瀟灑印象的美少女。

睥睨著小鎮的鈷藍色眼睛半瞇，一頭長而直順的銀髮，插著孔雀羽毛的漂亮寬緣帽。最大的特徵是……握在左手中、比本人的身高還要長的西洋弓，以及把箭矢收納得真的像孔雀開屏一樣的箭筒。是個弓箭手啊。

「那是『颱風的莎拉』。雖然乍看之下只是個眼神有點凶惡的少女，不過她其實是眷屬、伊・U主戰派殘黨的一人——莎拉・漢。是繼承了羅賓・漢血緣的蘇格蘭魔女。」

對我如此說明的梅雅，語氣中帶有緊張的感覺。

這也代表莎拉是個相當難纏的對手吧？

不可思議的是，在這片暴風帶中，那名少女的銀髮絲毫沒有搖曳，插在帽子上的羽毛也是一樣。

看來她所在的地方，就像颱風眼一樣平靜。

這片暴風應該就如她的稱號『颱風』所示，是那名少女引起的吧？真是個擾亂安寧的女孩。

「這次……換成羅賓・漢登場啊？眷屬還真是人才濟濟。」

羅賓・漢——是十三世紀的時候，以雪伍德森林為據點，劫富濟貧的英國義賊。大概是在後來的歷史中，他的後代摻入了魔女的血緣吧？

（話說，弓箭手竟然站得比用槍的納粹女孩們還要遠。看來金女的那句『Sword beats guns（劍強於槍）』需要再追加一句了呢。）

不過，所謂的弓本來就是比一般印象中還要長射程的武器。像中世紀英國的長弓，射程距離是一百五十公尺。在實戰中的平均交戰距離遠比手槍還要長。

因為構造簡單而值得信賴，不會有開槍聲也使得隱密性很高，即使到了現代，也會被運用在像這次的奇襲行動中。弓其實是極為實戰性的武器。

如果覺得弓是古老的武器而瞧不起它的話，遲早會被射成一隻刺蝟的。必須小心謹慎才行。

「——莎拉是一名能夠操縱風，從超越常識範圍的距離與角度射穿敵人的神射手。然而，她既不與人交流，又是個性情不定的人，因此眷屬似乎也很難駕馭她……鮮少將她派遣到前線，而把她當成有點像祕密王牌似的存在。」

感覺就像眷屬版的蕾姬啊。她們確實有幾分相似。

既然連那位祕密王牌小妹妹都現身在荷蘭……就表示眷屬或許已經透過間諜知道

師團正在起內鬨，而趁機把主力移師到這裡來了。

「莎拉的有效射程範圍有多少？」

「她的弓術必須要當成與一般的弓射概念相異的攻擊手段才行。據說她的箭可以透過她操縱的氣流，**飛多遠都沒問題**。即使在兩公里遠的地方，也能夠命中刺在目標物上的箭尾。」

從兩公里遠的地方連續射中同一個點，根本已經不是人類能辦到的事情啦。妖刕也好，莎拉也好，簡直就是非人哉人類的清倉大拍賣嘛。

「對方有狙擊手的話很難對付，我們還是先打敗莎拉吧。至於往風車小屋的路線嘛──就算我們在小鎮中散開繞路，也只會給卡羯或佩特拉趁虛而入的機會而已。雖然強風很礙事，不過還是採取正面突破吧。我一個人繞進小巷中，與妳們並行接近莎拉。最後在風車小屋前以V字雙方向進行攻擊。」

我說著，將貝瑞塔上膛後──

「我明白了。遠山，願武運與你同在。」

梅雅劃了一個十字，重新舉起巨劍。

接著……

「聖少女們！從此刻起，把颱風、砂礫、厄水三魔女的首級帶回梵蒂岡之前，不許後退任何一步！」

她威武地對隨後的修女兵們發出命令，同時將巨劍像長槍一樣指向教堂外。

而修女們「Bene（是）！」地齊聲回應後，各自從法衣中……拔出鋒利的銀劍，以及刻有梵蒂岡徽章——聖彼得之鑰的小型盾牌。

「主為吾之利劍、吾之磐盾！將聖安博及嘉祿教堂的鐘鎔鑄為如同十字軍的聖劍，並鍍上削自神廟遺址聖母堂的銀十字架之銀，以聖水與聖骸布加以研磨——吾等的鐘十字劍，將可殲滅萬魔！神罰代理！隨我來——！」

梅雅以高亢的聲音鼓舞部下，同時率先衝入暴風之中——

於是拔劍的修女兵們也「呀——！」地高聲吶喊，追隨在梅雅身後。

話說……妳們所有人的武裝都只有劍跟盾而已嗎！

（這、這群傢伙也未免太古老了吧……！）

握有唯一的遠距離武器，也就是手槍的我，稍遲了一拍隨後跟上——

卻看到聚在一起衝向風車小屋的梅雅小隊，被埋伏在小鎮各處的卡羯手下們以9mm子彈瘋狂掃射。雖然可以聽到「鏘鏘！鏘！」地用金屬盾牌擋下子彈的聲音，但防彈法衣中彈的修女兵們還是一個接一個地倒下了。

然而——梅雅與剩下的修女兵們卻毫不在意，依然一股腦地往前衝刺。

那畫面簡直就像以前日本陸軍的刺槍突擊一樣。

金女和GⅢ口中的超理論，終究只是例外。在一般的情況下，劍是敵不過槍的。這種道理連小孩子都懂。

可是，梵蒂岡卻依然堅持他們自傲的傳統攻擊模式，一路戰鬥過來。

（怪不得極東戰役的歐洲戰線會被壓著打啊……！）

雖然我感到啞口無言，但也不能因此落後──

於是我也照原本的作戰計畫，轉進狂風橫掃的小巷中衝向風車小屋。利用連鎖擊彈擋開納粹少女們的槍擊，同時用鏡擊破壞了幾把槍。

就在這時──咻──！一支弓箭貼著地面，朝我飛來了。

是綁有孔雀羽毛的白銅箭矢。

（弓箭……是颱風的莎拉……！）

我雖然想用彈子戲法──或者應該說箭矢戲法迎擊，但對手似乎早就看穿我的企圖，而用旋風吹起箭矢──竟然讓箭矢避開我的子彈，同時往上升起了──！

就在我想著「要被殺了！」的瞬間……

我那發與箭矢錯身而過的子彈幸運地擦到箭羽，擾亂了箭矢的軌道──咻！

讓箭矢只有削過我的臉頰，就消失在我背後了。

「……嗚……！」

因為臉頰傳來的刺痛，不對，是因為剛才這件事帶來的衝擊，讓我忍不住瞪大了眼睛。

彈子戲法……被破解了。而且是被初次交戰的對手。

我剛才瞄準的並不是箭羽。弓箭沒有刺穿我的腦袋，單純只是因為運氣好而已。

大概是被梅雅分享給我的幸運拯救的。

然而實質上，我的彈子戲法應該要算被攻略了。

如果是一對一單挑的話，剛才我早就被殺啦。

颱風的莎拉——那個少女射出的箭，不一定只會以拋物線飛行。箭矢可以藉由周圍受到操縱的風，像導彈一樣自由改變軌道。

不過……既然已經明白這點，應該就有對付的方法。

莎拉小妹妹啊，妳明明看起來只像個小六或國一生，竟敢差點殺掉高中生的大哥哥。小心我把妳抓起來打屁屁喔？用櫻花！

一方使劍，一方操弓。

在場面有如中世紀歐洲戰爭的布爾坦赫一角——

我與梅雅以及最後僅存五人抵達現場的修女兵，正準備包夾攻擊堡壘上的風車小屋。周圍只有這一帶無風得教人難以置信，而站在風車葉片上的莎拉則是……

「……」

沉下的視線並沒有看向我們，連箭矢都沒抽出來，只是呆呆地沉默著。

那也難怪。畢竟在風車的左右兩邊——

「齁齁齁！遠山金次，剛才真是……哈啾！」

大概是剛剛在護城河游泳而感冒了，話才說到一半就被噴嚏中斷，而且還逞強地穿著那套像泳衣一樣的戰鬥服裝的佩特拉。以及——

「喲，遠山，聽說你脫離師團了是吧？原來你那麼想見我嗎？」

讓埃德加停在肩膀上、穿著軍服露出奸笑的卡羯，分別坐在葉片上。

大概在作戰上，到了這個距離下莎拉就不會參與戰鬥吧？

但是，那樣我方很難嚥下這口氣啊。

「佩特拉，抱歉啦。」

還勉強保持著爆發模式的我，利用「不可視子彈」——碰！

擊斷用鐵鉤綁住軸心、阻止風車轉動的鐵鍊。

於是，風車的四枚葉片「嘎嘎嘎……」地……開始往右迴轉，讓佩特拉往下降了。

而在她的下方——

已經移動到風車底下的梅雅，正舉起大劍，準備連續討伐即將依序轉到她面前的佩特拉、莎拉與卡羯三名魔女。

然而——

「哈哈哈！佩特拉，看來妳比我還重呢！」

不論是搖晃著雙腳的卡羯……

「那、那是因為妾身比妳高呀！喂，遠山金次！你你你、你對法老王竟敢如此不遜……哈啾！」

大聲嚷嚷的佩特拉，還是在那兩人上方嘆著氣的莎拉……

那些眷屬們，都沒有緊張的感覺。

彷彿她們打從一開始就沒有親自戰鬥的預定一樣——

「——嗚……！」

我趕緊轉回頭。

即使不知道**那個**究竟在什麼地方。

是什麼？總覺得、有某種——巨大的力量正在瞄準這裡。

是妖刕嗎……？不，不對。是跟妖刕有些相似、而且足以匹敵他的力量。

梅雅似乎也察覺到了那個氣勢——而放棄了討伐三名魔女的好機會，趕緊轉身背對風車，望向我們的陣地——教堂的方向。

「……魔……劍……！」

察覺自己敗北的梅雅，咬牙切齒地呻吟著。而在她的視線前方——

距離大約一百七十公尺遠的教堂屋頂上、十字架前……

（日本的、女高中生……？）

背對西沉的太陽，站著一名大概比我年幼一歲的少女。

在狂風中不斷拍打的白色水手服，以及紅綠相間的格紋裙。

用細長的紅緞帶綁起來——比亞莉亞稍短的黑色雙馬尾。

看起來意志堅強，自尊心也很高的上揚眼角。

嬌小的身材雖然給人楚楚可憐的印象，不過大而圓的胸部以及從短裙中延伸出來的腿部曲線，也讓人感受到實際年齡以上的魅力。

（她說……『魔劍』？）

那少女就是——

據說跟妖刕一起被眷屬雇用的……魔劍嗎！

雖然妖刕還算多少符合我原本的想像，但這位魔劍……跟我的想像完全不同。我原本還以為是個像希爾達一樣的女孩啊。

另外，她握在手中的劍也超出了我的想像。

不，那真的可以稱作是『劍』嗎？

雖然確實是刀劍類沒有錯，但那形狀……是直徑將近兩公尺的圓形、利刃位於周圍的武器。

而少女就站在那擬似土星環的內側，像游泳圈或呼拉圈一樣保持著那東西的高度。

在那圓形的刀身上——

有一道金黃色的光，與漸漸西沉的太陽光斜向重疊，宛如衛星一樣迴轉在魔劍的身體周圍。

「——齁齁齁！遠山金次，你在各種意義上都瞪大眼睛好好看著吧！」

「喲！武士少女，愛麗絲貝爾！梅雅，妳今天的內褲是什麼顏色的呀？」

見到那個光的佩特拉不懷好意地瞇起雙眼，卡羯愉快地用力拍手，莎拉則是又嘆了一口氣。

然後……梅雅與修女兵們……忽然表現出恐懼的樣子。

難道魔劍可以從那個距離攻擊過來嗎？

既然她會選擇站在那個距離與高度——表示她也是個狙擊手。

若真如此，我們就沒有對抗的手段了……！

就在下一個瞬間——啪！

在魔劍的那把圓環劍上旋轉的光彈無聲無息地發射出來，飛向我們的方向——瞄準梅雅。

那很明顯是超能力，而且是我第一次見到的招式，因此我完全不知道該怎麼對應……！

梅雅就這樣被那宛如砲彈般飛來的光——

直接命中了。完全無從抵抗。

「——呀啊啊啊啊——！」

飛入梅雅體內的金色光芒，接著從內而外……這次轉變為彩虹色，有如爆炸似地炸開。

白色的法衣與鞋子被那股力量從內撐開、破裂——

（……嗚……！）

轉眼間，梅雅就被剝到只剩內衣了。

蕾絲邊的絲質白內衣，以及上緣刺繡有白薔薇的白色膝上絲襪都裸露出來……

「啊……啊、啊……」

看似全身都失去力量的梅雅，露出虛脫的表情——碰……

連站直身體都辦不到，當場仰倒在地上。

「轟！」一聲掉落地面的巨劍也……隨著「鏘……」一聲脆弱的聲音，破裂成無數的金屬碎片。

……梅雅她……

那個砍斷希爾達的腦袋、與卡羯打到難分勝負的……梅雅……竟然被打倒了。

而且只靠一招。

不不不，這怎麼可能？梅雅可是有幸運強化的魔術在保護，擁有超高的武運，在某種意義上可說是作弊角色啊。

而魔劍的光彈……竟然可以讓梅雅受到的庇護**無效化**嗎……！

在頓時陷入混亂的我面前，被敵人擊倒大將的修女兵們則是——

趕緊飛奔到只剩內衣倒在地上的梅雅身邊，背對著她圍成一圈。

然後單腳跪下，把刻有鑰匙徽章的盾牌像龜殼一樣排列在外側。

而從旋轉的風車葉片上——碰、碰、碰——

「投降吧，遠山金次。還是說，你也想表演一下脫衣秀嗎？」

「……佩特拉姊，下流，蠢死了。」

「魔劍——愛麗絲貝爾是魔術的尖端科學兵裝。是能夠利用誰也不知道的魔術擊敗超能力者的『獵巫魔女』。就算是那煩人的梅雅，也是吃一招就這樣啦。」

佩特拉、第一次講話的莎拉以及卡羯三名魔女陸續落到地面上。

魔劍……似乎名叫『愛麗絲貝爾』的樣子。雖然外表看起來像日本人，但或許並不是。

站不起來的梅雅，以及舉起盾牌蹲在地上、不斷發抖的修女兵們……她們都已經沒辦法繼續戰鬥了。

而且……前有三魔女，後有魔劍。

這樣的狀況，即使用爆發模式的腦袋思考也──

（光靠我一個人……負擔太重啦。）

如果是一對一單挑還沒話說，但就算是爆發模式，也沒辦法一口氣對付佩特拉、卡羯、莎拉與愛麗絲貝爾四個人吧？

再說，我過去跟魔女的對戰成績很差。

即使有打倒過的經驗，那也是在一對一的局面下，而且有同伴幫忙。

靠我一個人單獨擊敗超能力者的經驗……其實完全沒有啊。

如果是狂怒爆發的話，或許就會採取自殺式攻擊了。但以我現在普通爆發的腦袋思考，那怎麼想都不是最佳選擇。因此──

現在只能投降了。這也是為了保護梅雅她們的安全啊。

橫掃小鎮的暴風停息下來後……與我一起被解除武裝的修女兵們在卡羯一句「小

心我把妳們也脫光喔？」的威脅下，乖乖招供了麗莎的所在。

不久後，被納粹少女們抓到的麗莎，以及不知道將那把劍收到哪裡去的愛麗絲貝爾便聚集到風車小屋前了。

態度凜然的愛麗絲貝爾走到我的面前——

「……年輕的、遠山金次。跟你相遇的日子，總是在暴風中呢。」

開口第一句就說著教人費解的話，並且用眼角上揚的剛毅眼神朝我瞪過來。

「妳認錯人了。我不記得我有見過妳。」

我不懂她為什麼要說我年輕。明明這傢伙才比我年幼啊。

話說回來……這位愛麗絲貝爾的眼神……

真是奇妙。總覺得我好像真的在哪裡見過。

「你跟神崎・H・亞莉亞——有如扭曲時間樹木的金環。尤其是你改變了藍幫的命運，害我們必須要出面維持平衡。拜託你不要再跟那個組織扯上關係了。」

雖然我聽不懂她那些像S研一樣的發言，不過——

看來玉藻的調查有誤的樣子。

魔劒跟妖刕，想必是藍幫的關係人。

藍幫上個月在香港已經投靠到師團的陣營下了，但這兩個人卻依然與我敵對。可見他們有可能是跟上海藍幫之類的組織有關係的人物。

「……既然妳不想讓我跟他們扯上關係，殺掉我不就好了？」

「做出那種事，也解決不了任何問題。因為你就算被殺了也會復活不是嗎？」再怎麼說也太誇張了啦。就算是非人哉人類，好歹還是人類啊。

不過要是真的被她殺掉也很蠢，因此我決定不要繼續說那些自掘墳墓的話了。

「話說……妖刕還真是讓人羨慕啊，竟然有像妳這樣可愛的女朋友。」

我靠著最後僅存的一點爆發模式把話題扯開，結果愛麗絲貝爾就……

……噗！

彷彿會從頭頂上噴出蒸氣似地，表演了一段亞莉亞最拿手的瞬間臉紅術。

「女女女女朋友？你說我！是靜刃同學的？才不是才不是！你徹底搞錯了！誰誰誰要當那個、內衣賊的女朋友啦！」

接著同樣跟亞莉亞一樣發飆起來，不過並沒有像亞莉亞那樣跳跺地舞，而是上下用力甩動雙拳，跳起猴子舞了。

可是她氣得別到一旁的臉，又露出難以形容的表情。感覺像是並不討厭我的「女朋友發言」，而努力在忍住嘴角上揚的樣子。

……嗯，這女孩果然也很怪。

話說，妖刕竟然偷了這個怪女孩的內衣啊？他到底在搞什麼啦？明明實力就那麼高強，真是個教人感到遺憾的傢伙呢。哎呀，畢竟這女孩外表看起來非常可愛，我也不是百分之百完全不能想像他的心情啦……但是套句粉雪的臺詞，太不純潔了。

另外，魔劍剛才不小心說溜嘴了。

看來妖刕的本名叫「靜刃」的樣子。

好，看我回國後就把他的身分調查出來，然後在成田機場埋伏他。用盡各種理由將他逮捕起來之後，把那感覺很方便的刀搶過來當作薩克遜劍的代用品吧。

「『咼（Enable）』……如果可以的話，我很希望不要再遇到你了。不過道別時的招呼還是不得不這麼說——那麼，再見。」

愛麗絲貝爾拐彎抹角地留下這句讓人不禁有再會預感的神祕臺詞後——

轉身背對我，不知消失到哪裡去了。

5彈　遠山金次將2度死亡

將我、麗莎、披著毛毯的梅雅與修女兵們帶進機庫後……

銀灰色的硬式飛船——齊柏林伯爵ＮＴ號便起飛升入荷蘭多雲的天空中。

除了愛麗絲貝爾以外的所有眷屬都在布爾坦赫搭上了這艘飛船。

看來她們是將我們這些師團成員綁架之後，打算把我們招待到以黑道行話來講的「事務所」吧？

以夕陽的位置來判斷，方位朝西——應該是往大西洋方向在行進的樣子。

在船艙的卡羯因為被部下們大肆稱頌功勞而顯得相當愉悅。她雖然露出一臉親手把我跟梅雅打敗似的表情，但實際上她根本什麼事都沒有做吧？

不過別看卡羯那樣，她其實很受愛戴，身為部下的納粹少女們都非常喜歡她。我不否定她是個優秀的魔女，但除了這點之外，她或許還有其他吸引人的要素吧？像那個伊碧麗塔長官好像也很中意她的樣子。

看到卡羯徹底鬆懈下來的模樣，爆發模式也已經徹底結束的我……

「喂，卡羯，這手銬果然還是很痛啊。拜託妳幫我換成別的吧。」

將又被銬上卐字徽章手銬的雙手舉起來，透過隔艙門的窗口對她如此說道。然而……

「那點痛好歹忍耐一下吧，你不是日本男兒嗎？」

她似乎沒那麼容易上當的樣子。就連烏鴉埃德加都對我叫了一聲「呆呀——」，真教人火大。

「……」

蹲坐在我旁邊，沮喪地垂下眼皮的麗莎則是……

自從被眷屬抓到之後，就像隻跑到別人家的小貓一樣顯得相當安分。

看來她過去在眷屬中的地位真的非常低。

現在的她別說是鬥志全失，甚至連逃跑的意思都喪失了。

「喂，麗莎，妳別露出那種表情嘛。妳可是眷屬中重要的人才，我們一定會讓妳歸隊，別擔心啦。」

聽到卡羯隔著窗口搭話的聲音……

「卡……卡羯大人，請問主人……遠山大人、會怎麼樣呢？」

麗莎戰戰兢兢地對她如此問道。

嗯，這件事我也想問問啊。當作是參考。

「那當然是死刑！」

……我想也是。

「——雖然大家應該會這樣求刑啦，但我絕對要讓遠山成為我的使魔。所以在眷屬法庭上，我一定會投反對票。畢竟我這次是副法官，手中握有一票呀。」

卡羯手中握著一顆紅蘋果，又繼續如此說道。

「……還會召開法庭啊？沒想到眷屬還頗近代化的嘛。在那個所謂的眷屬法庭上……副法官是什麼樣的立場？」

聽到我開口追問後……

「法官擁有投票權與刑罰的執行權，而副法官只擁有投票權。遠山的裁判將由伊碧麗塔長官與另一個人擔任法官，我跟佩特拉擔任副法官，進行投票表決。」

卡羯屈指細數著，對我如此說明。

「四票表決啊。那如果二對二的話怎麼辦？」

「為了在遇到那種狀況時可以挽回，所以有一條『可逆優先』的規則。簡單講就是不會選擇像死刑或是做下去之後就無法挽回的判決。換句話說，只要得到兩票，遠山就可以避開死刑——往後就有機會成為我的使魔了。而現在，我已經為了眷屬法庭收買好佩特拉啦。」

「妳居然有辦法收買那個佩特拉？」

「你的哥哥，叫金一對吧？」

卡羯咬了一口蘋果，對我問了一個唐突的問題。

「是、是啊。」

「我只不過是說了一句『這可是讓那傢伙的大哥欠妳一次人情的好機會喔』，她就乖乖聽話啦。」

「……？」

「之前佩特拉在巴黎的飯店鬼鬼祟祟地不知道在做什麼，我就稍微暗中調查了一下。沒想到她竟然在房間裡做了一座沙池，用象形文字在沙子上寫了『遠山金一』，然後滿臉通紅地在進行戀愛占卜呀。看那樣子，她鐵定是認真的。」

佩特拉……原來妳喜歡我大哥啊？明明就看過他的『加奈模式』，還真是個怪女人。

不過，雖然我不清楚是槍殺還是絞殺——總之她既然願意幫我反對死刑，我也挺感謝她的啦。萬一因為這件事的影響，讓那個暴露狂的埃及美女將來成為我的大嫂……我雖然不會完全不在意，但至少就當成不得已之下的措施，做好心理準備吧。

從這次平安降落的齊柏林伯爵號上——

我們在好幾把華爾瑟手槍的監視下，下了飛船。

眼前是細沙吹過腳邊的寒冷海岸。沙灘被高聳的岩石圍繞著，另外還有流入大海的河川。河川的上游不遠處是一道瀑布，落下的河水形成了一片簾幕。

雖然感覺很像是夏天會被當成私人海岸的景觀勝地，不過……

總覺得這裡整體給人一種非自然的感覺。像那條河川，仔細一看似乎是人工運河的樣子。

正當我想著這些事情的時候，從瀑布的**內側**……穿過由上落下的河水……出現了一艘黑色的小型潛水艇，緩緩游在河面上。

（……該死的魔女連隊，果然藏有那種玩意啊。）

那是納粹德國的U型潛艇──

不過並不是擊沉了好幾艘英國船艦的Ⅶ型巡洋艦，而是ＸＸⅢ型的一種──沿岸用的小型艦。

從那宛如煙囪的指揮艙中，出現了身穿水手服的魔女連隊少女兵們，以及身穿黑制服的伊碧麗塔長官。她們還是老樣子地對卡羯喊了一聲「Sieg Heil（勝利萬歲）！」後，迅速把我們帶進潛艇內。

在紅色的艦內燈照耀下，明明沒有騎馬卻握著一根馬鞭的伊碧麗塔長官就──

「──歡迎來到『龍之港』，遠山先生。這裡就是你最後的停靠港囉？」

在軍帽的帽簷下嗜虐地瞇起眼睛，用紅色的嘴唇對我笑了一下。

U型潛艇到海面上迴轉半圈後，又回到偽裝成河流的人工運河，穿過瀑布，接著立刻停船。

在瀑布內側的空間中，我們被帶到U型潛艇的上甲板──

「咿……！」

麗莎看到周圍的景象，小聲發出尖叫。

所謂的『龍之港』，是利用被瀑布簾幕掩蓋的洞窟人工開鑿出來的隱藏港口。正如其名，在深處的岩壁上可以看到肉食恐龍異特龍的巨大化石裸露出來，還真是恐怖啊。

洞窟內似乎有提供電力的樣子，岩壁上不規則地排列著許多燈泡。

在那些燈光的照耀下，停泊在水面上的眷屬『事務所』，其實就是——

「……中國寶船（nao de China）……」

大航海時代航行於外海的大型帆船。

以前武藤有跟我提過，這是另外也被稱為「阿卡普爾科・加利恩帆船（Acapulco Galleon）」的貿易船。從它有如幽靈船的外觀看來，應該是真貨……不過似乎有經過改裝，內部也有提供電力的樣子，從窗戶可以看到燈光。

為了進入這個港口而有一部分被改裝為傾倒式的船帆上，塗有象徵『膽敢抵抗就格殺勿論』意義的 Jolly Roger 符號。

也就是在人類的頭骨底下交叉描繪兩根大腿骨的有名徽章。

是人類共通的敵人——**海賊**的徽章。

這艘船……恐怕是中世紀的海賊搶來的商船吧？而這個港口原本也是海賊的祕密港。而到了現代，不知道是什麼因緣際會，變成了眷屬的據點之一啊。

我們從U型潛艇上經過一道浮板來到帆船邊，接著搭乘升降梯來到甲板上——這裡似乎是為了防範火災，地板上鋪滿磁磚。看來這艘大型帆船是固定在這個港口，當成居住設施的樣子。

走進船內一看，是一片裝飾豪華得像飯店一樣的空間。不過，裝潢可以說是花俏得讓人覺得噁心。古代鎧甲啦、酒櫃啦、燭臺風格的電燈座之類的東西我還多少可以理解，但是為什麼要在椅子上擺一具穿著正式服裝的古代骸骨啦？你看麗莎不是都被嚇到了嗎？雖然那或許對海賊來說是VIP等級的納骨方式啦。

就在我們被押送在走廊的途中……

（哦，是日本刀呢……）

我發現牆壁上裝飾著一把螺鈿刀鞘的短刀。

沒想到在遙遠的西方，竟然可以讓我看到日本刀啊。雖然因為沒有保養，目貫釘都生鏽了……不過掛在一旁的牌子上，有用日文寫著『大正拾貳年賜玉藻御前』的文字呢。

也就是說，這是玉藻以前留下來的東西。

這麼說來，在宣戰會議的時候，好像有提過玉藻在之前的戰役中是隸屬於眷屬的樣子。

從那時候開始，這裡就已經是眷屬的基地了嗎？在原本以為是師團地盤的荷蘭境內，原來眷屬也是擁有像這樣的據點啊。

以上甲板為基準來看的地下二樓船艙中，有一間大食堂，飄散著很美味的香氣。

在大量而雜亂地擺放著各式料理的大餐桌邊……我們這些師團的俘虜們也被帶到

其中一角坐了下來。看來我們好歹還是有飯可以吃的樣子。

卡羯像飛機一樣張開雙手衝到桌邊……

「哎呀~真是餓扁啦！布爾坦赫未免太遠了吧！」

一下子就把叉子用力插在法式煎魚上，大快朵頤起來。

「不可以這樣，卡羯，用餐前要先擦手呀。」

伊碧麗塔長官如此說著，也坐到座位上開始享用馬鈴薯泥。

「就是說呀，要是不稍微像個女人，可是會把男人嚇跑，沒人想娶妳啦。」

佩特拉也大口吃著堆積如山的蠶豆可樂餅（Taamiyya）。

「……什麼男人，蠢死了。」

依然戴著羽毛帽的莎拉，則是專挑大量的水煮青花菜吃著。

另外還有一名似乎是負責留守在船上的魁梧女性……雖然因為有一座飯糰山擋著讓我看不見，不過也一把一把地抓起飯糰在吃呢。我只能偶爾看到她那指甲長得像鬼一樣的巨手而已。

話說……這群眷屬們都只挑自己喜歡的東西在吃呢。簡直就是一群偏食家，真是沒管教好。

另外，在餐桌上啄著椒鹽捲餅的烏鴉埃德加，以及在伊碧麗塔腳邊啃著小羊排的黑豹，讓我相當在意啊。讓鳥獸進入餐廳，在衛生上沒有問題嗎？

（話說……這片情景……）

納粹少女們在廚房拚命做菜，阿努比斯兵像服務生一樣端著盤子來來去去，像航海王的宴會劇情一樣大快朵頤著料理的卡羯、伊碧麗塔、佩特拉、莎拉與另一名魁梧的女人。

以前希爾達與昭昭也是在這畫面之中吧？

我的腦中不禁浮現出——拚命吃著堆積如塔狀的生牛排搭配紅酒的希爾達，以及一碗接一碗吃著金絲全蛋麵的昭昭坐在餐桌邊的情景。

嗯……簡直就像一所沒規矩的女校啊。

大概是因為現在眷屬中剛好只有女性的關係吧？

這時我才想到，好像沒見到身為男人的妖刕——以及魔劍的身影呢。雖然魔劍是個女的啦。

不過他們不在也好。要是比現在更多的Z戰士出現在這裡，我哪受得了啊？

就在我們吃著姑且不論味道如何、分量上十分足夠的多餘剩菜時……

「——麗莎，過來這邊吧。我們還炸了很多妳喜歡吃的荷蘭炸油球（oliebollen）喔。」

卡羯忽然抱住麗莎的肩膀，把她帶到自己的座位旁。

「就是說呀，麗莎。妳是眷屬中最強的女人之一，不適合縮在那種角落呢。」

伊碧麗塔長官也如此說著，表現出歡迎麗莎的態度。

於是麗莎只能不斷瞄著我的方向，戰戰兢兢地陪在眷屬身邊吃飯了。

「妳在伊・U可是被推舉為夏洛克的接班人之一——與退學前的妾身、競爭對手的弗拉德以及亞莉亞並列候補的女傑呀。可不能在那種鄉下地方荒廢自己的才能。」

佩特拉與莎拉也招待著麗莎用餐，感覺就像在勉強她歸隊眷屬的樣子。

雖然大家表現上好像都很善良，但那其實是在日本的居酒屋也常看到的情景。

也就是強迫個性較懦弱的傢伙加入自己這一群的虛偽宴席。要是敢拒絕，就等著接受制裁。麗莎似乎也理解這一點，而只能哭喪著臉加入她們之中了。

那群眷屬們想必是打算繼續讓擅長家事與會計的麗莎為她們做牛做馬吧？

話說，剛才伊碧麗塔與佩特拉的發言——

（那個麗莎……竟然是眷屬最強的人物，在伊・U還是弗拉德的競爭對手……？）

怎麼可能嘛。那一定是在說客套話吹捧她吧。

像現在，麗莎就……因為被眷屬們包圍著，無法反抗……只能低聲啜泣地吃著沒有洞的甜甜圈（oliebollen）。又愛哭又膽小，是一如往常的麗莎啊。

就在這時……

「……喂，布洛肯，大家都是朋友，給我鎮定一點。」

吃著馬鈴薯泥的伊碧麗塔，忽然低頭看向她的使魔黑豹。

那隻似乎名叫「布洛肯」的黑豹正躲在餐桌下，表現出畏懼的樣子。

而剛才還愜意拍動著翅膀的埃德加，也縮在卡羯的肩膀上。

牠們似乎……都在害怕現場的某個人物。

簡直就像什麼百獸之王出現在這裡一樣。

我也不是不能理解牠們的心情啦。畢竟我也很害怕那些人啊。不論是戰力的意義上，還是爆發的意義上。

——此時……

「哦？汝即是當代的遠山武士嗎？」

我聽到一句有點古老的日文——

用沙啞而嘹亮的聲音傳來。

於是我轉過頭去，發現說話的人是……剛才被那堆飯糰山擋住的魁梧女人。

那女人把整座山吃垮，讓我總算可以看到她的長相了。

她穿著一件在紅、黃、綠色交錯的非洲風布料上……刺繡著梵文以及磨破得讓人看不太清楚、感覺像織田木瓜紋……？之類家紋的和服。背後的牆壁上還立著一把同樣是非洲風＋和風設計的巨大鐵棒……

盤腿坐在椅子上的她，金色的眼睛與我對上視線。

「——嗚……！」

結果我就像全身被綁起來一樣瞬間僵住了。

這很像以前我遭遇到弗拉德或希爾達時的感覺，但是比那時候更加強烈。

（……這、這傢伙、是什麼人……！）

——好強。

她比在場的任何人——當然也比我——還要強。甚至不可相提並論……！

簡直就像是一整艘戰艦的戰鬥力被濃縮到這個女人的體內一樣。

「——余乃『閻』，是第六天魔王・霸美大人之部下。遠山，汝來自日本是吧？」

危險，太危險了。唯有這一點，我靠直覺就能感受到。即使現在的我不是爆發模式。

這女人，不是人類。這一點也很清楚。畢竟她紅銅色的頭髮上還有長角啊。

這位自稱『閻』的人物究竟是什麼……從外表上也能推知一二。

那是人類的天敵。

——『鬼』啊……！

「今日的日本是何如國家？不必拘束，答上來。」

自稱閻的魁梧女人把洋酒倒進塗有紅漆的日本酒杯，用沙啞的聲音對我詢問。

可是我卻被閻散發出的魄力嚇到說不出話，甚至連呼吸都幾乎要停止了。

就好像名槍或名刀一樣，強勁的存在，都會帶有獨特的美感。

不例外地，這個女人——也相當美。

雖然她身材魁梧、充滿肌肉，身體上到處都是傷疤，但還是散發出異於周圍那些眷屬女性的美感。甚至有種莫名莊嚴的感覺。

沒錯，這傢伙與其說是人類——更近似於神。

就算她不是真的神，也是介於神與人類之間的存在。

（原來眷屬……還藏有如此強大的戰力啊……！）

沒轍了。

一點辦法都沒有。

在歐洲，我們絕對贏不過眷屬。只要有這傢伙在，絕對贏不過的。

「不行喔，閻，妳這樣不是嚇到遠山先生了嗎？戰役已經結束了，沒必要另起波瀾呀。」

被伊碧麗塔如此一說，閻就一臉不滿地──

「未始之戰，何來結束之有。」

──唰！

用一把刀──雖然裝飾成非洲風格，但形狀像日本的匕首──從放在餐桌上的鹿腳上削下一塊肉，直接吞進嘴巴了。她口中的犬齒……不能算犬齒，而是比希爾達還要明顯的利牙。

大概是因為在眷屬中也有點難以融入大家的關係，閻瞥了周圍一眼後……似乎可以自己控制開關跟指向性，瞬間就讓壓迫的感覺收起來了。

接著站起身子，邁步走出房間。

如果把頭上的角也算進去，她的身高將近一百九十公分，遠比我高大。

我擦拭著額頭上的汗水……抱著絕望的心情，繼續用餐……不，連飯也吃不下去了。

鬼。而且搞不好是真貨。

看到那種恐怖的東西，我的食慾完全消失啦。

於是，我後來只能坐在餐桌邊，聽著伊碧麗塔與佩特拉那些人的對話……

眷屬似乎已經開始在討論「極東戰役後」的事情了。

在歐洲已經壓倒性地勝過師團的眷屬，獲得了過去以來最大的勢力範圍——從梵蒂岡或自由石匠手中奪取了大量的財寶、情報與人才。

因此，接下來只要消滅礙事的傢伙，讓自己以後在地下社會比較好行動……她們似乎就考慮讓極東戰役閉幕了。

從她們的語氣聽起來，雖然交給希爾達與藍幫負責的亞洲戰線落敗的事情出乎預料，不過為了締結休戰條約——她們已經在行動了。

（而通常在這種時候……）

——勝利的一方都會祭出最後一擊，給予對手強大的打擊。

「阿姆斯特丹多雲，不過明天會放晴。」

「凱撒與華生就在阿姆斯特丹。自由石匠的行動總是會落後一步……不，兩步呢。

齁齁齁！」

「那麼，V－2改就是明天了。真是期待呀。」

聽到莎拉、佩特拉與伊碧麗塔用英文進行的對話……

（V－2……！）

我的額頭又滲出了汗水。

說到V－2，就是納粹德國所開發、先進到讓人不敢相信是七十多年前設計出來的火箭兵器。

最高時速五千七百六十公尺，射程距離三百公里，彈頭搭載重達一噸的炸藥……在二次大戰中發射過三千發以上，把倫敦炸得面目全非。簡單講，就是彈道飛彈的先驅。

不只妖刕、魔劒加上剛才的閻，眷屬竟然還擁有那種玩意啊？

而且她們似乎計畫要用那個V－2打倒自由石匠的樣子。

藉由V－2轟炸，可以明確傳達『就算你們退到倫敦也沒用啦』的訊息。只要有這樣的威脅做為背景，眷屬想必就能在締結休戰條約時變得更加有利。

如此一來，今後歐洲就會成為伊．U主戰派、魔女連隊以及那個讓人摸不清底細的閻橫行霸道的地區了。

（雖然我並不是說換成梵蒂岡或自由石匠橫行歐洲就沒關係啦，但是……）

這情況還是要想辦法阻止吧？

不是以一名師團成員的身分，而是以一名武偵的身分。

在歐洲，師團與眷屬還是恢復原本的戰力平衡，互相牽制對方不要失控是最好的吧？

正當我這樣想的時候……

踏、踏。

戴著孔雀羽毛帽的──

在布爾坦赫射箭攻擊過我的「颱風的莎拉」走了過來。

然後……目不轉睛地看著我的臉。

「幹麼啦？」

「……」

盯……

說真的，在搞什麼啦？一直盯著別人的臉，真是失禮的小鬼。

我可沒有像美少女的妳一樣，有張值得細細鑑賞的臉蛋啊。

「……妳總不會是想跟我說『只要你服從我，我就賜給你一半的世界』之類的話吧？」

「不是。蠢死了。死者不可能統治世界。」

「？」

「我剛剛在看你的『面相』，也就是像手相的東西。簡直清楚到愚蠢的地步。」

「什麼東西很清楚啦？」

「死相。」

……死相……嗎？

「我只要看到七天之內會死的人，都可以百分之百知道。你，明天就會死了。絕對。」

聽到莎拉用宛如蕾姬般缺乏抑揚頓挫的聲音對我如此說道——

「那種事情，妖刕早就已經對我宣告過啦。你們這些人還真是喜歡用無聊的憑空臆測來威脅人啊。」

我「哼！」地嗤之以鼻，回瞪了她一眼。

用餐過後，麗莎被留在眷屬那一方……

而我也被帶離梅雅她們身邊，被說著「我帶你去見個人」的卡羯押送到海賊船的下部船艙。

然後，在一間用埃及象形文字圖案的毛毯裝飾、看起來像佩特拉臥室的房間中——

「……！」

我看到穿著銀色簡易鎧甲的**貞德**……！

露出得意的笑容看著我的貞德，就站在那裡。

「『遠山，抱歉。』……哈哈！你現在的表情真棒呀。哈哈！齁齁齁！」

貞德把話說到一半就忍不下去，抱住纖細的蠻腰笑了起來……

不，不對。她的笑聲跟表情……

這是假的。雖然很像，但不是……！

「是佩特拉啊……！」

「沒錯。」

偽貞德把聲音也恢復成佩特拉的語調——

接著，從她的臉與肌膚上，「沙沙沙……」地落下細如粉末的沙子，以及些許水蒸氣。

「這是我跟佩特拉兩人合作開發出來的厄水砂妝。這可不像理子的特殊偽裝那樣只貼在臉上而已，它可以塗滿全身，讓膚色都能改變。甚至可以藉由繃緊皮膚，連臉型都能自由自在地變化。是完全不需要整形的神奇偽裝術呢。雖然身高是沒辦法改變，不過還好佩特拉也夠高呀。」

卡羯對我揭穿祕密，同時與穿著貞德鎧甲的佩特拉擊掌。

在布魯塞爾的那天晚上，把我帶到妖刕埋伏的那個街角的……

——其實是佩特拉啊。

現在回想起來，『l' Opéra』——『歌劇院』這個詞並不是單指巴黎加尼葉宮的事情——貞德對我說明過兩次。

而在遇到妖刕之前的第二次說明……她的語氣聽起來就像忘記自己在巴黎已經跟我說明過了一樣。明明貞德是個連爆發模式下的我都會稱讚是『聰明的小姐』、對自己的記憶力很有自信的人啊。

（……這也是一種因果報應呢。）

貞德過去曾經讓理子為自己進行特殊偽裝，並利用變聲術……偽裝成白雪潛入武偵高中。而這次就被佩特拉她們做出自己之前做過的事了。

另外，既然佩特拉會穿著貞德的鎧甲，就表示——

「……讓我去見真正的貞德。」

我用憤怒顫抖的聲音，瞪著那兩個人說道。

「不用你說，我也會讓你們見面的。畢竟這艘船很破舊，堅固到可以拿來當牢房的船室並不多呀。所以你要跟貞德關在一起。但你們兩個可別做出什麼奇怪的事喔？」

卡羯對我提出無聊的警告後，再度將兩把金光閃閃的魯格手槍對準我。

果然——貞德被她們抓到了啊。

「聽好囉？我們偶爾會來監視你的！」

將一扇鑲有鐵格小窗的門板打開後，卡羯往我屁股上一踹……

把我踢進一間位於這艘三層艦下層的砲臺甲板、原本似乎是砲臺一部分的房間中。

在這間木頭地板裸露出來、比我想像中還要寬敞的房間裡——

「遠山……！」

貞德……！

……

………呃、我說妳啊！為、為什麼、要穿著那種像半透明結婚禮服的衣服啦！

妳、妳、妳的衣服底下全都被我看光啦！就連內衣也是……雖然那看起來是像白色泳衣一樣、就算讓人看到也沒關係的時髦內衣啦。

「妳、妳沒事吧，貞德？」

不過身為一個人，我還是勉強讓自己的第一句話說得很正經。可是……「踏踏踏！」一地跑向我面前的貞德，胸部就像理子玩的遊戲中的角色一樣不斷上下晃動，害我又慌張起來了。

仔細一看，雙手被綁在身後的貞德，連胸部上下都被一條模仿荊棘藤蔓的繩子緊緊綁著，讓她那件衣服薄薄的布料都貼在身上，清楚強調出胸部的輪廓。為什麼眷屬那些傢伙好死不死要用這種綁法啦！

「……遠山，被人抓到是我的失誤。我在布魯塞爾想說要節省洗衣費用，所以趁晚上到自助洗衣店——結果就被魔女連隊偷襲了。每一臺洗衣機中都躲了一名魔女，總共六臺洗衣機就有六名魔女呀。」

在我差一點被妖刕殺害的同時……

「我關起右邊的洗衣機，魔女就從左邊冒出來。關起上面的洗衣機，魔女就從下面冒出來。我一點辦法也沒有，最後只能把衣服放在頭上，用雙手甚至雙腳關上洗衣機，但還是沒辦法同時關閉六臺洗衣機呀……！」

原來貞德把內褲衣服什麼的都頂在頭上，跟卡羯那群人演出了那麼一段像在搞笑的戰鬥啊……

不過，哎呀……這次我眼前的就是真正的貞德沒錯啦。

畢竟這種天然呆的個性，是別人無法偽裝出來的。在某種意義上讓我聽到就覺得安心啊。

「雖然是六對一，但敗北依然是我的失誤。遠山，你懲罰我吧，用鞭子抽打我吧。」

淚眼汪汪的貞德，穿著半透明的性感洋裝逼近我的面前——

「我沒有那種東西啦。就算有，靠這樣的手也沒辦法鞭打妳啦。」

於是我趕緊舉起被ㄎ字手銬銬住的手給她看，並把她推開了。

「而且我也沒有鞭打妳的打算啦。只因為有人失誤就起內鬨的小隊，是最糟糕的小隊。就算隨時謹慎小心，只要是人都還是難免會失誤。重要的應該是知道同伴發生失誤之後，要馬上想辦法挽回才對吧？」

我套用了一下蘭豹說過的話，結果貞德就露出深受感動的表情抬頭看著我……不過，現在連我也被抓進牢房，實在很沒面子啊。

後來，我跟貞德並肩坐在牆邊，說明至今為止發生過的事情。

就在我說到自己被懷疑是叛徒，而與麗莎藏身在荷蘭鄉村的事情時……

「麗莎嗎？你跟麗莎是怎麼生活的？她做了什麼樣的料理給你吃？你們寢室應該有分開吧？」

剛才感動重逢的氣氛頓時消失，原本身為伊・U成員的貞德露出莫名不悅的表情，追問起我跟麗莎的生活了。

「沒、沒什麼特別的啦，只是偷偷摸摸地過著隱居生活而已。」

畢竟有發生過像『脫掉衣服幫忙退燒』之類萬一說溜嘴就會很麻煩的事情，於是——

「……話說回來，妳為什麼會打扮成那個樣子啦？」

我使出了我的奧義——空口偏話題（Slash Ⅲ）。

雖然亞莉亞最近已經能夠看穿我這招，然後大叫『不要那麼明顯地轉移話題呀！』並且用 **Gover-ham**（**Government- hammer** 的簡稱：握住槍身用槍把毆打人。）敲我的眉間啦——不過個性純樸的貞德小姐倒是徹底中了我這招奧義……

「這似乎是活祭品的服裝。」

「活祭品？」

「你有遇到『颱風的莎拉』嗎？我聽說她因為想見識一下魔劍，也跟著出擊了。」

「有啊。我就是被她擺了一道，才淪落到這種下場的。」

「莎拉是前伊．U的預報員。她擁有一種稱為『巨觀預報』的能力，能夠預測自然物的大局動向，也能夠看出死期將近的動物或人類……」

聽到她這麼說，我頓時想起莎拉剛才對我說過『死相』的事情。

「——正確率有多少？應該是像佩特拉的占卜一樣不足以完全相信吧？」

「不，絕對正確。我從沒看過她說錯。」

……是這樣喔。

「而根據那個莎拉的預報，不久後『熱沃當之獸』將會出現在這塊土地。」

「熱沃當之獸……」

「你知道？」

我是在布爾坦赫的祭典時聽麗莎說過的，不過總覺得告訴貞德這件事，她好像又會鬧彆扭的樣子。於是……

「我只是聽過一點傳聞，詳細的內容就不清楚了。實際上那究竟是什麼？」

我再次詢問貞德詳細的內容。

「就是怪獸。」

怪、怪獸……聽到這個詞，讓我腦海中瞬間閃過一股不好的預感。我可不戰鬥喔？絕對，我絕對不戰鬥喔！

「那是……什麼樣的怪獸？像哥吉拉或是大金剛之類的嗎？」

雖然我認為不太可能，但還是隨便猜了一下。結果——

「比較接近後者。」

——還真的像大金剛啊！

「不過外型並不是人猿，而是野狼。是十八世紀的時候到處侵襲西歐各地的『百獸之王』。傳說中只要把法國的少女當成活祭品，就能讓牠鎮靜下來——運氣好的話，甚至能夠驅使牠。因此，我就預定被當成那個活祭品了。不過你放心，那個傳說其實並不完整。我聽祖母說過，實際上如果那怪獸是公的，確實獻上女性會比較好，但如果是母的，就應該要獻上男性。換句話說，我被怪獸吃掉的可能性只有一半呀。」

貞德雖然「哼哼」地露出得意的表情……

但這也表示她有一半的可能性會完蛋啊。

話說，如果那怪獸是母的，不就換成我會被裝到飼料盤了嗎？

「也就是說，接下來只能看運氣了……不過，那個人肉幸運符梅雅被魔劍打敗，好像原本的庇護都全失啦。我們現在的命運只剩下背負著叛徒的汙名被怪獸吃掉，或是被當成俘虜養到死，要不然就是直接被處刑而已啊。」

「關於那個叛徒……我也認為師團中應該有內奸。」

對於我拋出的話題一定都會跟上的貞德——似乎有什麼話想說的樣子。

「因為沒事可做，所以我在這裡也思考了一下那個間諜的真面目，然後想到了一點眉目。」

「……其實我也想到了。畢竟我在布爾坦赫也沒事可做啊。」

「你有吧？麗莎不就在你身邊嗎？」

「妳到底想說什麼？那種事情先放到腋下啦……！」（註3）

我明明用被手銬銬住的手比了一個『放到一邊』的動作。可是……

「腋下……？為什麼這時候要提到腋下？你對我的腋下有興趣嗎？為什麼？」

註3　在日文中，「放到腋下」等同於「把話題擱到一邊」的意思。

貞德卻看了一下自己從無袖洋裝中露出來的腋下。

「我才想問為什麼勒！我並不是那種強者好嗎！換個講法就是了，把麗莎的事情，還有妳腋下的事情，都先放到一邊啦！」

「那你一開始就那樣說呀。腦袋真差。」

「唔……這傢伙……總、總之先放到一旁，然後關於叛徒的真面目啊，萬一我們兩個人的意見不同，對於無辜被懷疑的人也很不好意思。所以先數『一二三』之後，我們再一起講出主嫌的名字。如果妳覺得我要講的名字跟妳想的不一樣，妳就閉嘴別說。我也會那樣做。」

「好，我知道了。」

這次倒是立刻就明白我意思的貞德——

大概是為了看清楚我的嘴型，而把臉靠過來。

太近了，太近了啦。像亞莉亞好像也是這樣，為什麼這些歐美人就是對人與人的距離感這麼遲鈍啊？

「一、二、三……」

貞德玫瑰色的嘴脣數到三之後……

「梵蒂岡。」

我與貞德順利說出了同樣的名字。

從貞德沒有講出人名的這一點看來，她似乎也猜到其中的詭計了。

「梵蒂岡是有組織性地把師團的情報流通給眷屬的。雖然因為其中的理由還不明確，所以我無法斷定他們是完全的叛徒——但至少可以說是百分之八十背叛了師團。」

聽到我這麼說……

「梅雅雖然沒有被告知，但她從梵蒂岡的動向中已經察覺到了。然而她即使察覺到，也還是繼續忠實地執行著『與眷屬戰鬥』的命令。因為她絕對不會懷疑別人。」

貞德也接著我如此說道。

「沒錯——梅雅她不只是將歐洲戰線的情報，就連玉藻跟她共享的亞洲方面情報也全都聽從上級的命令往上呈報了。這就是百分之二十的背叛。」

「雙方加起來，完成了間諜一人份的工作。而且讓站在前線的我們難以察覺呀。」

貞德得出的結論，跟爆發模式下的我完全一樣。

真是讓我有點刮目相看啊。我是不是差不多該把她『自稱策士』的『自稱』拿掉了呢？

「——讓我補充說明一下吧。」

我們之間的對話——

忽然被門外傳來的聲音打斷了。

我與貞德趕緊轉頭看向鐵格子窗。貞德雖然好像不認識門外的那個人物……但是，我認得。

我在布魯塞爾——自由石匠的隱密會所見過那個人。

擁有一頭美麗的金色長髮，上面披著金絲刺繡、白蕾絲頭紗的梵蒂岡修女，正用看不見的眼睛望著我們——

「蘿蕾塔小姐，原來就是妳啊。」

蘿蕾塔被我這麼一說後……

「宣戰會議的時候，我也有委託梅雅向大家表明過……梵蒂岡不希望看見戰亂。無論師團還是眷屬，哪一方成為最後的勝利者，我們都不能讓自己成為完全的落敗者——因此，我們有必要做出保險對策。」

也就是說，你們是「牆頭草」啊。打從一開始就是。

你們這些人……從開戰之前，就已經顧慮到戰後的事情了。

對雙方陣營都擺出好臉色，好在戰後能圖個方便是吧？真不愧是在二次大戰中背棄了同盟條約，最後甚至還自稱是戰勝國家的義大利人啊。

而且為了隱瞞這件事，還讓狂信的——因為幸運強化的恩惠而不得不狂信的梅雅站到前線。

哎呀～還真是巧妙呢，這個詭計。

「我在布魯塞爾差點被凱撒殺掉的時候，謝謝妳出面保護我啦。」

我帶著諷刺的意思如此說道後——

「我們希望盡可能減少有人受到傷害的情況。無論是師團還是眷屬，都沒有分別。」

「別說假好心腸的話了。」

「那點我也明白。因此……遠山金次，我的那一票，就投給處你極刑吧。」

「……什麼？」

「眷屬法庭並不是只有四票。剛剛來到這裡的我也擁有投票權，因此總共是五票。伊碧麗塔、閻與我——靠這三票通過半數，你就會被判決死刑。」

來這招啊。

「你這個人，知道得太多了。」

留下這句話後……蘿蕾塔就用白手杖擦著木頭地板，轉身離去。

真是教人火大。教人、火大……但是我會落到這種下場，究竟是不是「蘿蕾塔跟梅雅害的」，以遠山法庭的觀點來看是有點微妙的。

信仰虔誠的人，在行動原理上有時會跟沒有信仰的人不同。這是世上的常識。因此在與宗教關係人合作的時候，武偵本來就應該把這點列入考慮行動才行。

可是我卻忽略了這一點。

只因為修女是聖職者，我就無條件地信任對方了。在這件事上——

也是我的失誤啊。

當天晚上召開的眷屬法庭上，似乎當場就確定了我的死刑，並決定隔天早上行刑的樣子。

別說是律師了，明明連我這個被告都沒有被傳喚，這算哪門子的即時法庭啦？

開票結果是三對二。看來卡羯與佩特拉都幫我投反對票了，這點我倒是很想向她們道謝。

順道一提，關於貞德與麗莎的判決也在法庭上決定下來了。分別是『熱沃當之獸的飼料＝死刑』以及『無罪・再教育』，還真是隨便啊。根本就只有死刑或無罪而已嘛。

貞德為了在別的房間進行活祭品的化妝，而被帶出牢房之後……我本來想說找到機會就開溜的，但是來宣告刑罰的人卻是那個閻。

身為鬼的魁梧女人。

「遠山金次，汝既是個武人便乾脆些。若要切腹，余可借汝小刀一把。」

從門口彎腰走進來的閻，說著這樣的話並打算借我小刀。但是……

「我不是武人，是武偵啦。還有，那把小刀是妳剛才拿來切過鹿腳的東西吧？用那種東西切腹會感染細菌啦。」

就算我拿到那種小不啦嘰的刀子，反正也打不過扛著鐵棍的真鬼。因此就拒絕了。

「臨死之際，還在意金瘡痙（破傷風）嗎？簡直像石田三成殿下啊，哈哈哈！」

像個男人一樣大笑起來的閻——唰！

嗚哇！

輕輕把我抓起來，抱到胸前了。也就是所謂的公主抱。

雖然我抱過別人很多次，但這還是我第一次被人抱。

真是強烈的被支配感，都會讓人迷上呢。在這麼近的距離下抬頭看，閻的臉簡直帥氣得不得了啊。雖然她是個女的啦。

就這樣，我從走廊被帶到甲板上，又從甲板上被押送到伊碧麗塔長官等候的ＸＸⅢ型潛艇中。

到了潛艇內，我才終於被放下來……感覺應該會幫我說話的卡羯，好像不在這裡的樣子。

「——卡羯不會來的。擔任副法官的那孩子能做的事情就只有到投票為止。畢竟她沒權利知道結果，或許還以為自己賣了你一個人情而在竊喜呢。」

露出嗜虐笑容的伊碧麗塔——看起來好像在打什麼不好的鬼主意。

「好啦，遠山先生，關於你的處刑方式，我們選擇了一種非～常恐怖的方法喔。你需要眼罩嗎？」

「免啦。」

「我就知道你會那樣說。太好了。」

「……是槍斃嗎？」

「才不是呢。反正開槍也殺不死你吧？」

潛水艇穿過瀑布後，立刻浮上水面……

「如果有什麼遺言的話，我可以代為傾聽喔？」

伊碧麗塔如此說的同時，我發現她的左腰上佩帶著從貞德手中搶來的杜蘭朵——

以及我的貝瑞塔。

「是沒有到『遺言』的程度啦，不過……妳們不是沒收了我的短刀跟沙漠之鷹嗎？那分別是大哥給我的東西，以及我爸的遺物。如果妳哪天——有遇到加奈的話，麻煩妳把那些東西交給她。我想妳應該知道，加奈跟我是兄弟。」（註4）

在我說到『我爸的遺物』這部分的時候，伊碧麗塔頓時露出了感動的表情。

接著……

「我明白了，遠山先生。加奈女士的照片我有看過，而且卡羯在宣戰會議上也有見過她本人。我就向卐字徽章發誓，絕對會交給她的。」

別向那種討厭的東西發誓啦。

我們在對話的同時走出艙門，便看到潛艇人員的納粹少女們正在準備浮板。而在浮板的另一端、海岸邊用環狀鐵架組裝起來的發射臺上是——

「V－2……」

納粹德國引以為傲的彈道火箭，在透過雲層灑下來的月光照耀中，呈現出教人毛骨悚然的影子。

「正確來講應該是V－2改，是為了彌補命中率的不足而改裝成人員搭載式的必殺兵器喔。怎麼樣？對於一路不斷參加戰鬥的你來說，是很適合做為人生句點的墓碑

註4在日文中，「兄弟」與「姊弟」在習慣上發音相同，因此從這句話並無法知道加奈的性別。

吧？」

穿著黑制服的伊碧麗塔，用戴著黑手套的手比向V－2。

「畢竟你是個遇到別人想殺你，就會還以強烈報復的『詛咒的男人』，所以我決定不要親手殺掉你了。你有看到那座發射臺下的籠子吧？**首先**，你就關在那裡面，隨著漲潮溺死吧。」

「『首先』……？」

「遠山金次將二度死亡。首先是水，再來是火。為了保險起見，我要用漲潮之刑殺你一次，然後再用V－2之刑殺你第二次。等你在那籠子中溺死之後，再被V－2底下用煤油、液態氧與固態燃料噴發出來的三千度烈焰──跟著海水一起被蒸發吧。」

用似乎是從貞德手中搶來的馬鞭戳著我胸口的伊碧麗塔……

好像真的以為我只被殺一次是不會死的樣子。

哎呀，被人這樣認為也是沒辦法的事吧？在某種意義上算是我自作自受啊。

就在我忍不住嘆了一口氣的時候，一旁的伊碧麗塔從胸前口袋中拿出一個雪茄盒。

然後……

「給你最後的一根菸吧。雖然很抱歉，這不是日本貨。」

她抽出了一根沙邦尼黑煙（SOBRANIE BLACK）──也就是在濾嘴上印有一圈金環、用黑色菸紙捲起來的香菸，遞到我面前。

（……看來這下真的很不妙啦。）

我雖然不抽菸，但還是裝成一名吸菸者收下了那根菸。

這樣至少可以爭取個一到兩分鐘的時間吧？反正在荷蘭，十六歲就能合法吸菸了，而且要是我馬上就被關進那籠子，就真的什麼都做不到啦。

「妳還頗親切的嘛，真意外。」

我用銬著手銬的手將香菸含到嘴上後……

「這是從大戰時期流傳下來的老規矩啦。」

伊碧麗塔用熟練的動作擦過火柴，像個朋友一樣幫我點燃香菸。

我接著假抽一口，再緩緩吐出煙霧——同時眺望著那彷彿漂在海面上的V－2。

我記得那玩意……好像是全長十四公尺，翼展三點五六公尺吧？確實看起來差不多那麼大。

它的外觀之所以會塗成像西洋棋盤的黑白格紋，是為了方便用眼睛確認發射前的彈體傾斜以及飛行中的軸心迴轉。

雖然是橡樹子形狀的傳統火箭，不過充滿機能性的設計，也給人一種美的感覺。

「妳剛才說過那是人員搭載式的對吧？誰要坐上去？妳嗎？」

「怎麼可能？是卡羯啦。」

伊碧麗塔自己也抽出一根沙邦尼，輕輕笑了一下。

「那孩子有對你抱有異性戀愛罪的嫌疑，所以我這次就用魔女連隊的做法讓她做出一個了斷。雖然我對她本人說，這是讓她可以挽回坦克戰那場失敗的機會啦。」

換句話說，這是讓懷疑對我有感情的卡羯在不知情之下殺死我的行動是吧？真不愧是殘酷等級無人能比的納粹後代啊。

「卡羯她……坐上這麼危險的東西，會有什麼後果？」

「放心吧，這不是什麼特攻兵器。只是靠人力控制精準飛行到彈道頂點之後，進入自由落體之前就會把搭載人員排出去了。」

「妳們打算讓它落在哪裡？那種大小的火箭如果改裝成人員搭載式，能裝的燃料就不多——應該只能進行短距離彈道飛行而已。而且雖然它應該具有隱藏性能，但長距離飛行還是有被軍方擊落的可能性吧？」

「你說得沒錯。目標就是荷蘭境內，自由石匠的阿姆斯特丹會所。明天早上，凱撒跟華生就會在那裡。」

也就是說，應該是這項情報提供者的梵蒂岡與眷屬私通之下……

他們打算利用這顆V－2徹底毀滅身為歐洲師團最後防線的自由石匠是吧？

另外，改裝成人員搭載式之後會縮減的不只是燃料而已。還有一點我必須確認一下。

「——彈頭是什麼？」

「你猜呢？」

伊碧麗塔瞇起她眼角尖銳的雙眼。

光靠少量就能發揮巨大威力的必殺彈頭……

符合這條件的玩意很有限。

再加上這些傢伙在巴黎買來的材料推斷——

「是化學彈頭吧？」

「哎呀，真虧你能猜到呢。那是一種氰化物——與空氣中的水分結合就會化為無害物質，而且密度輕，容易擴散。靠彈頭那些質量，效果頂多只會波及一個街區大小而已。但相對地，半數致死量是零點四mg／kg——落彈點半徑五十公尺以內的致死率是百分之百喔。再加上驗屍也很難分辨出與一氧化碳中毒的差別，是很方便的兵器呢。雖然原本是美軍的發明，不過製作方法被洩漏到網路上，我們就學來利用了。」

「……嗚……！」

看來，被死神鐮刀架在脖子上的不只是我跟貞德而已，華生他們也是。

然而，我卻束手無策。

那個鬼女——閻現在依然在我背後交抱著手臂……悠閒地眺望著滿月照耀的海面上、看似鯨魚群的影子。

可是——

（武偵憲章第十條：不要放棄。武偵絕不放棄。）

——就在我唯有做好這點覺悟的時候。

沙邦尼的最後一撮菸灰，輕輕掉落在荷蘭的沙灘上了。

浸在海面上的鐵籠中，經過一個晚上，從腰部、腹部到胸口——漸漸漲潮的嚴冬海水，不斷奪去了我的體溫。

水面已經快要淹過鐵籠，水深超過了我的身高。

我為了呼吸空氣，必須要像吊單槓一樣抓著籠子的頂部。

然後在飄飄細雨之中，徹夜未眠地迎接黎明——

沙灘上，閻、莎拉、魔女連隊、被伊碧麗塔帶來的麗莎……以及梵蒂岡的蘿蕾塔現身了。

大家都站在遠處，應該是來欣賞V－2發射・兼・我的處刑畫面的吧？

就在我的頭頂著怎麼推怎麼拉都不動的鐵籠頂部，忍耐著已經淹到脖子附近的冰冷海水時……

我看到一臺 Kettenkrad 來到海岸邊，停了下來。

從後座走下來的，正是穿著一身莫名帥氣的全黑加壓服的卡羯。

在臨時踏板上走向發射臺的卡羯，似乎萬萬沒有想到我就在V－2正下方的樣子。

「還不錯看吧？這可是和大戰時的軍服一樣，是香奈兒設計的呢。」

卡羯笑著瞇起沒有戴眼罩的眼睛，把繡有徽章的加壓服背部秀給部下看。

黑白格紋的V－2表面，現在已經覆蓋著一層白色的薄冰。這代表燃料——大戰時雖然用的是酒精水溶液，不過這次好像是用煤油與液態氧的樣子——已經注入完成了。

「好像有點在飄雨呀。這化學彈頭不是怕水嗎？沒問題吧？」

「請放心，根據莎拉大人的預報，阿姆斯特丹上空是放晴的。」

在卡羯仰望著烏雲密布的天空，與部下的少女用德文交談的時候……

我因為被伊碧麗塔威脅過『要是你敢在發射前與卡羯進行接觸，我就殺了貞德。』所以只能默默聽著她們之間的對話了。

雨勢漸漸增強。卡羯打開位於V－2上部的艙門，自己坐了進去。

這段期間中，海水也不斷漲上來。現在我不把臉抬向上方就沒辦法吸氣了。

每當有海浪衝過來，我的臉就會被淹沒。我甚至沒辦法靠自己的意思呼吸。

一點一滴吃進嘴裡的海水，也讓我感到很難受。

——該死。這樣下去我什麼都做不到啦——

只能照著伊碧麗塔的計畫，活活被淹死。然後屍體還要被V－2燒個精光啊。

拿著電子擴音器的伊碧麗塔這時開口說道：

「——告知觀測結果。機體傾斜程度，容許範圍內。沒有天候不佳等影響發射的狀況。現在，距離發射剩下七分鐘。此刻開始，就不可能再取消發射了—— Sieg Heil！」

而且她為了讓所有人……尤其是為了讓我聽懂，而故意用日文宣告著。

「——剩下六分五十秒！」

似乎是十秒一數的倒數計時開始後，V－2的噴射口便緩緩噴出白色的煙霧。

然而，在那漆黑的噴射口噴出烈焰之前，我就已經照伊碧麗塔的計畫——幾乎快被淹沒了。就算想呼吸，也只是增加吃進嘴裡的海水量。

「六分四十秒……六分三十秒……！」

該死……我已經……撐不下去了……！

就在我因為痛苦而快要全身無力的時候——

「……啊，住手！麗莎，妳做什麼！」

原本在倒數計時的伊碧麗塔，忽然聲音慌亂起來。

於是我側著臉，勉強看向沙灘的方向——

（麗莎……！）

麗莎竟然趁著伊碧麗塔把注意力集中在V－2時，用力甩開了伊碧麗塔抓住她的手。

然後「鏘！」一聲拔出伊碧麗塔掛在腰上的杜蘭朵，甚至連貝瑞塔都搶了過來。

接著，轉身背對訝異的眷屬們——抱著劍跟槍，奔跑在沙灘上。

朝著……我的、方向……！

伊碧麗塔那群眷屬雖然也做出想要追上來的動作，但畢竟V－2已經快要發射了。要是動作稍遲，搞不好就會被噴射火焰波及到。

麗莎她——是故意算準這個時機的。

算準這段眷屬們沒辦法靠近我的、短暫時間。

看到麗莎「嘩沙嘩沙！」地撥開海水衝過來的身影——

「……麗、麗莎……！住手、別過來！為什麼……為什麼、要過來！」

被海浪不斷干擾的我，從鐵籠的縫隙間大聲叫著。

麗莎則是因為恐懼而半哭著臉──

「──要是對主人見死不救，麗莎以後會睡不好覺呀。睡眠品質是很重要的。」

說出我過去拯救麗莎跟法蘭茲時講過的臺詞，並對我拚命露出微笑。

麗莎……！

妳這──不是等於自己來送死嗎！

以前在武偵高中的地下倉庫，我跟白雪也遭遇過類似的狀況。但那時候，前往救援的我──至少還有爆發模式這張王牌。

可是、麗莎、妳……根本沒有、戰鬥的力量啊……！

「主人，請把武器拿去！主人是『哿』，只要有這些東西，一定有辦法……！」

麗莎從鐵籠的縫隙間，把杜蘭朵跟貝瑞塔塞了進來。

但我在海中沒辦法抓住它們。只能讓那兩樣武器都沉到鐵籠底下了。

妳錯了，麗莎。

我根本不是妳想像中那樣的英雄。

真正的我只是個弱小的……普通的高中生而已啊。

像現在，我雖然靠默念武偵憲章第十條故作逞強……

但實際上，在我心底深處早就已經放棄了。

從沙灘遠處，透過擴音器傳來眷屬們像在爭執的聲音。

她們似乎對麗莎的行動感到困惑——卻也沒辦法停止發射的樣子。

距離V－2發射，剩下不到四分鐘。根本沒有什麼確實的手段可以在這麼短的時間內跑過來抓住麗莎，然後逃到安全距離外。因此，她們慌張地在討論該怎麼處置有可能會給予『咢』生還機會的麗莎。

「快逃，麗莎！這樣下去……連妳也會被燒死啊！」

「為主人豁出性命，是女僕的義務。」

麗莎爬到鐵籠上，拚命用顫抖的雙手摸索著有沒有可以破壞的地方。明明她白色的上衣已經徹底溼透，而且在她背後的正上方——隨時可能噴出三千度烈焰的V－2噴射口正張開著漆黑恐怖的大嘴啊。

現在不管怎麼樣——

我必須讓麗莎快點離開這裡才行！

「——不對！妳給我活下去！那才是……妳的義務！」

快要溺死的我，第一次認真用主人的身分——打從心底對麗莎發出命令。

聽到這句命令的麗莎，對於我認同她是女僕的事情感動起來……碧綠色的眼眸溢出淚水。

「麗莎我……麗莎我、能夠侍奉遠山大人、真的感到很幸福。」

在她背後——

V－2的噴射口開始放出橘紅色的光芒了。

──麗莎她──

又再一次背叛了眷屬。

鼓起勇氣，再一次背對眷屬了。

然而這一次，與之前膽小得躲到地下道哭泣的她不一樣。

她不是在逃跑。

麗莎是在勇敢抵抗。抵抗弱小的自己絕對沒辦法贏過的強大組織。只靠她自己一個人。雖然過去一直都做不到，但唯獨此刻，她擠出了勇氣。

──為了她心中認定是主人的我。

「……請恕我老實承認，我一開始在布魯塞爾的地下道決定追隨主人，其實是為了讓自己能活下去。然而，在與您一同逃亡的那段期間……在阿姆斯特丹，主人對我微笑，陪伴著我，稱讚我，只對我露出笑容──從那時候、從那時候開始，麗莎就對主人──」

──咚──

一聲微小的聲音……

就像為麗莎的話強硬地畫下終止符般，從她背後傳來。

我立刻就察覺那聲音代表的意義了。

而麗莎似乎也很明白。

「……主人，謝謝您，一直對麗莎這麼好。麗莎、真的、好幸福……」

彷彿要覆蓋幾乎被水淹沒的鐵籠似地——

麗莎單手伸進鐵籠中，就這麼倒了下來。

在她的背上——

——垂直插著一根附有孔雀羽毛的弓箭。

深入到幾乎貫穿心臟。

是颱風的莎拉——的箭矢。

「麗莎……！」

就在我抓住她那隻手的時候，從麗莎的袖口掉出了某個東西。

我在海水中抓住那東西一看。

那是我在布爾坦赫送給麗莎的……摺紙風車。

（什麼叫『謝謝您一直對麗莎這麼好』啦……？）

我……

根本就沒有為妳做過什麼事啊。

只有幫妳趕跑小孩，然後，只是送給妳這種玩意而已不是嗎？

（可是妳，竟然這麼珍惜地……到了這地方還帶著這東西……）

我全身沉在海水中。

鐵籠已經完全被淹沒。我不能呼吸了。

在水面上，可以看到麗莎，以及在她上方準備要噴出烈焰的——毫不知情的卡羯

乘坐的V－2。

——我、我們、就到此為止了嗎？

我們命中注定要沉沒在這裡、被燒成灰燼、屍骨不存地消失嗎？

我在海中抱著麗莎已經動也不動的手臂，緊咬牙根。

我——

還沒有做到身為主人的責任。

只有讓妳不斷工作付出，自己卻沒有盡到『戰鬥』的義務。

雖然只是順勢訂下的契約，但既然雇用了女僕，身為主人就必須履行契約才行。

武偵憲章第二條：與委託人訂下的契約必須絕對遵守——所謂的『絕對』，是代表『就算死了也要做到』的意思。對於武偵來說，契約、約定就是這樣重要的東西。

（——我怎麼可以放棄。怎麼可以、放棄……！）

但事與願違，我的眼前漸漸暗了下來。

血中氧氣濃度降低，全身上下都開始變得無力。

甚至連抓住麗莎的手臂、都做不到了。

拚命緊閉的嘴脣，也漸漸失去力量。最後終於吐出泡沫，讓海水灌入我的氣管中。然而，就連那感覺也顯得模糊。

好重。自己的身體、全身都好重。

就連眼皮也像變重了十倍一樣，讓我不得不閉上眼睛了。

（……這片遠山櫻花……）

可以感受到自己的心跳、漸漸、變得微弱、遲緩、又更微弱——

（如果你有辦法讓它散落的話……）

——就這樣——

我的心臟、放棄跳動了。

我……就如妖刕靜刃，與颱風的莎拉所預言的……

——死了。

6彈　自平流層獻上愛

那你就試看看吧！

——這是——

（……爆發、模式……？）

對，沒錯。

進入了。我進入了。

而且是完全進入。

這是——垂死爆發。是大哥被夏洛克開槍擊中心臟的時候也發動過的「瀕死的爆發模式」啊。

溺在水中，心跳停止。我確實是死了。

然而人類在心肺停止之後到腦死之前，還會有一小段時間。

就在這最後的瞬間，我的ＤＮＡ打出了名副其實的最後王牌。

即使肉體死亡，靈魂也不放棄。

至死也不屈服，這就是爆發模式——！

「……嗚……！」

比一般人多達三十倍的神經傳導物質，讓我的意識甦醒過來了。

雖然我面臨的狀況沒有任何改變，但我還能動。如果只是短短一瞬間，我一定還能動。

然而，能動的時間真的只有短短一瞬間。

就算我在那一瞬間用櫻花破壞這個鐵籠，也沒辦法做出逃到籠子外的動作。

一般來講已經死亡的身體，就算靠著爆發模式，全身機能在那一瞬間後應該也會完全停止。

但是，我也沒時間猶豫了。

因此——

我的肉體啊。

心臟啊。

果然——還是要讓你們繼續為我工作才行呢。雖然持續工作了整整十七年，總算讓你們可以休息片刻了。不過……休息時間結束啦！

——上吧，新招式！

雖然沒什麼把握，但我一定能辦到。

在這最後的一瞬間，賭上現在臨時想到的這一招讓自己復活！

起死回生的**水中櫻花**——

（——回天——！）

我將右手放在胸前，左手放到背後，以完全相同的時機使出櫻花——利用兩發亞音速、合計大約兩馬赫的力道衝擊心臟的正中心。

——碰——！

這可不是像心臟按摩或心臟去顫器那麼溫和的玩意。在肋骨內側，心臟就像拳擊球一樣用力震盪，被粗暴地強迫重新跳動，讓血液再度從心臟奔向全身。

心臟「撲通撲通」地恢復脈動，肌肉甦醒過來，我也在海中睜開了眼睛。

我的身體……各處都沒有破損，「回天」這招有應用到GⅢ的「內臟迴避」，在某種意義上可以算是那招的反技。衝擊力道穿過胸骨下、肋軟骨之間的縫隙，只有傳達到心臟而已。

我緊接著準備用櫻花破壞這個鐵籠的欄杆——

但舉起手臂的我，頓時皺起了眉頭。

因為——似乎沒有那個必要的樣子。

欄杆已經被破壞了。不，應該說是正在被破壞才對。

在我死亡的那段期間中，麗莎伸進欄杆縫隙間的手臂就……啪嘰啪嘰地……

這到底、是怎麼回事……！

「——我、怨恨神……」

這是……誰的聲音？

麗莎，是妳嗎？

雖然因為是隔著海水的微弱聲音，讓我聽不清楚。但那確實是麗莎的聲音。

明明已經被莎拉的箭矢射殺的、麗莎的聲音。

「我痛恨、把這力量給我的神……」

麗莎的手臂漸漸變成了白色的野獸上臂，不斷變粗變大，成為在任何圖鑑中都沒見過的大型獸上臂了。

那上臂從鐵籠內側撐開欄杆縫隙——「啪！」一聲把焊接的部分用力彈開。

我抬頭看著那幕景象——同時撿起腳下的貝瑞塔與杜蘭朵，插在腰帶上，並抓住折彎的欄杆。

就這樣爬到鐵籠上後，首先把吃進體內的海水吐了出來。

激烈咳嗽的同時——

深深吸了一口氣。

好、好幾分鐘沒吸到空氣啦。包括剛才死亡的時間在內。

『——發射、倒數一分鐘——！』

慌張的伊碧麗塔依然用歇斯底里的聲音繼續倒數計時。

看來她打算讓已經停不下來的V－2就這樣發射，把我跟麗莎直接燒死的樣子。

雨勢幾乎已經變成豪雨了。

在斗大的雨滴灑落在海面上的轟響中，我瞪大眼睛仔細一看……

在我眼前的，並不是剛才在那裡的麗莎。

「……麗、莎……」

那身影甚至遠比我還巨大——

「主人……請快點、離開、麗莎身邊……！我、我就是……」

勉強開口說話的麗莎，外觀介於人類與野狼之間——

「……熱沃當之……獸……！」

她一邊掙扎，一邊凝視著在水平線附近的雲層中發出光芒的滿月。

她身體的變化……不斷進行著。變化為一隻巨大的野狼。

我曾經看過類似的情景。在橫濱陸標塔、還有東京天空樹。就跟弗拉德還有希爾達的變身畫面一樣……！

麗莎是弗拉德的強勁對手——在中國寶船上聽過的話，再度浮現我的腦海。

「……主戰派……知道麗莎血液中繼承的這個力量。所以在伊·U中也給了麗莎很高的階級。但是……他們並不知道，要讓麗莎變成野獸，必須要有兩個關鍵……他們只知道當中的一個……稱為『死之淵』的關鍵而已……」

——秃狼、熱沃當之獸——

傳說魔獸的血脈，也有繼承到追隨強者、累積優秀DNA的麗莎一族之中啊。

從她變身的模樣看來，熱沃當應該是跟弗拉德與希爾達類似的種族不會錯。

換言之，就像弗拉德跟我一樣是藉由β腦內啡進行變身，麗莎她——恐怕也跟我一樣擁有瀕臨死亡時會發動的變身條件吧？

就是因為這樣——眷屬才會一直讓麗莎進行有死亡風險的戰鬥行動。

那是為了進行試驗，好找出麗莎變身為魔獸的機制啊。

「……麗莎變身為炁狼的另一個關鍵，是滿月。讓視網膜接受到被月亮反射……使光譜中的紅外線被削減的太陽光……就是最後的、關鍵……！」

過度避諱受傷的麗莎，在布爾坦赫討厭滿月畫的麗莎，異常畏怯的狗、黑豹與烏鴉，能夠讓各式各樣的動物服從自己的百獸之王——熱沃當之獸，在祭典時的發言偏袒熱沃當之獸的麗莎。

至今為止發生過的各種事情，陸續湧上我垂死爆發下的腦海。

『——倒、倒數三十秒！』

隨著伊碧麗塔的聲音，痛苦的麗莎讓身高——不，體長延伸到了將近五公尺。

「……麗莎、已經看到了、那個滿月。不用多久，麗莎就會喪失知性，變成連同伴也會咬死……誰也無法控制的、熱沃當之獸、了……！」

「麗莎……！」

「……我並不想、變成那樣。但是，為了主人……即使要我犧牲這條命，也一定會、與頭上這個兵器同歸於盡給您看的。快，請快逃吧。已經……剩不到、十秒了……！請快點、離開、麗莎的身邊……！」

化為一隻巨大金狼的麗莎——

人類心靈最後的象徵……淚水從她的眼眶溢出來後，她便不再說話了。

隨著一秒一秒過去，那隻巨大金狼的表情變得越來越凶暴。

漸漸變成一隻完全的魔獸。

『——倒數十秒！』

但是……

(叫我……快逃？)

……那我可辦不到啊，麗莎。

我是妳的主人。我在成為主人的時候，妳不是對我提出過條件嗎？

——『請將麗莎從折磨之中拯救出來吧』。

所以，我要拯救妳。

從眷屬的手中。

而且不只如此——

(也要從折磨妳的那個、熱沃當之獸的血中……！)

我的全身——在不知不覺間，變得不只是垂死爆發，也流動著狂怒與王者爆發的血流。

眷屬啊，熱沃當之獸啊，我豈能讓你們奪走！

(我絕不會讓麗莎被你們奪走……！)

就在這時——

『——Entzünden（發射）！把全部都燒個片甲不留——！』

頭上的V－2冒出烈焰——準備噴發出來了！

我——與化為熱沃當之獸的麗莎，同時抬頭仰望。

隨時準備要從噴射口往下噴出的橘紅色火焰——

無論我們逃向任何方向，都躲不掉。

逃到正下方的海中也沒用。V－2的推進重量是十二點五噸。在撐起本身的重量之前，V－2會讓深達三公尺的海水全部蒸發，甚至連淺灘的海沙都燒盡。

因此——

——碰磅磅！

拔出杜蘭朵、用腳使出櫻花的我——以及同時仰望烈焰的麗莎也靠動物的本能做出與我相同的判斷——

避開推力偏向板與導向翼，一前一後地在鐵籠上箭步跳起。

——飛向幾乎位於正上方的、V－2本體的外殼。

利用煤油與液態氧、另外似乎也並用了固態燃料的混合燃料，朝下方噴出紅蓮烈火。正下方的海水瞬間蒸發，水蒸氣有如暴風般往上吹起。

在強烈氣流的颳掃、翻弄下——

我用杜蘭朵，麗莎用利爪，各自「唰！」地刺在外殼上了。

從伊碧麗塔在發射瞬間的臺詞判斷，眷屬應該是有考慮到如果靠射箭阻止麗莎來救我的話——麗莎會因為那致命傷以及其他某種關鍵，有變成『熱沃當之獸』的可能性吧？

而她們原本打算在麗莎變身的同時燒死她的，但可惜V－2的火焰遲了一拍啊。

在V－2冰冷的外殼上，我雖然只能用劍插在上面，讓全身垂掛下來。不過在一片水蒸氣中，我看到麗莎——

「嘰！嘰嘰！」地用利爪抓住鋼板，固定了她巨大的身軀。

那對翠綠色的眼睛——

正隔著白煙瞪向我。

那已經不是人類的眼神了。

而是將所有會動的物體都視為敵人的、魔獸之眼。

「……麗莎……！」

被我們緊貼在上面的V－2「隆隆……隆隆隆隆……！」地開始上升。表面的薄冰漸漸剝落，露出底下的黑白格紋。就在煙霧籠罩機體全身之後，V－2就像從地獄業火中重生般，往正上方飛起了……！

我一瞬間看到在海灘上，眷屬們因為我跟麗莎還活著而陷入驚慌——

莎拉舉起弓，卻被伊碧麗塔與魔女連隊的魔女們阻止了。

V－2是眷屬為了與師團做出了結而發射的珍藏武器。不但裝有化學彈頭，卡羯也坐在上面。因此絕對不能讓它不小心被擊落。

機體將眷屬們留在下方——不斷上升。

緩緩升到Ｖ－２本身的高度左右後，便漸漸加速起來。

然而，大概是因為增加了原本沒有預期到的重量，讓升空的軌道很快就開始往海面的方向傾斜了。

「——嗚！」

「磅！」一聲破碎的聲音傳來。

我反射性地從Ｖ－２外殼黑色的部分閃開身子。

是麗莎繞過開始緩慢進行迴旋運動的Ｖ－２表面，用宛如鐮刀的前腳利爪朝我攻擊過來了。

原本刺在她背上的箭矢已經不見蹤影，從傷口冒出細細的紅煙。那畫面跟我在橫濱開槍射擊弗拉德的時候一樣。受傷或生病都能很快復原的麗莎，想必在體內也擁有能夠輔助高速復原力的臟器——魔臟吧？雖然在人類狀態下沒有完全發揮機能，但變身為魔獸之後，那臟器的活動似乎就亢進起來了。

即使差一點被甩下去，即使知道這是跳下去最後的機會——我依然還是把杜蘭朵再度刺在Ｖ－２外殼白色的部分了。

黑白格紋的Ｖ－２。

麗莎在黑色的部分，我在白色的部分——各自貼在外殼上，垂直對峙。

V－2穿梭在豪雨中，不斷加速著。

（這種事情，我之前也幹過啊……！）

我想忘也忘不掉。

就是在伊．U，我追在亞莉亞後面，跳上了夏洛克乘坐的ICBM的外殼。

當時因為有亞莉亞，現在因為有麗莎，我不能跳下去。雖然在這一點上是相同的，但——現在的狀況遠比當時還要危險。當時的亞莉亞只是貼在機身上的同伴，可是現在麗莎已經把我視為敵人，在攻擊我了。

在一場大混戰中發射的V－2——

脫離了原本的預定航線。坐在裡面的卡羯想必非常慌張吧？

但這是彈道飛彈，是火箭，當然沒辦法像車子一樣緊急剎車。點火之後，就只能一路飛下去了。

雖然只是我的體感速度——不過現在的時速已經超過了一百公里。目測高度八十公尺，相當於一棟高樓大廈。這下已經沒辦法跳機了，只能順著失控的航線，不斷往上。

——吼——！

隨著一聲吼叫，麗莎的尖爪與利齒接二連三地朝我攻擊而來。每當我躲開身體——麗莎揮空的攻擊就破壞著V－2的表面，奪去了它的性能。

（光這樣躲是不行的……！）

在劃破亂流、飛向雲層的V—2上——我不禁皺起眉頭。

要是繼續這樣打鬥，V—2遲早會被破壞。

如果跟化學彈頭一起墜落，就完蛋啦。不管是我、麗莎，還是卡羯。

麗莎這時舉起前腳，準備攻擊卡羯乘坐的人員搭載區域——

「——住手啊，麗莎！」

我趕緊用貝瑞塔的三點放模式射擊，打算讓子彈擦過麗莎的爪子。爪子就像指尖，包括人類在內，通常動物的指尖都有密集的神經，一旦受傷就會感受到比傷害本身更劇烈的疼痛。因此在面對大型猛獸的時候，應該先攻擊對方的眼睛，再來就是爪子。但是——

麗莎卻看穿了我的彈道而縮回前腳，讓三發子彈都撲空了。

接著順勢躲到V—2的背面——

眨眼間繞過V—2，從我背後攻擊過來。

「——嗚！」

我立刻以杜蘭朵為支點，用秋水使出後踢——

畢竟不可以踢女性的臉部，因此踢向麗莎的肩膀，將她踹開。

在緩慢進行迴旋運動的V—2上，擁有野獸般平衡感的麗莎——與爆發模式下的我，展開了一場宛如電影情節的空中戰鬥。

要是因為強烈的氣流讓手腳動作稍有偏差，就會當場完蛋了。即使是天下無雙的爆發模式，也必須始終發揮最大的集中力，使出全力戰鬥才行。

——唰唰唰——！

就在這時，忽然傳來有如上下顛倒地跳入水面的衝擊。

我因為太過專注於戰鬥而晚了一拍才察覺到，不斷傾斜上升的V－2已經到達雲層了。

突然籠罩四周的濃密烏雲——水蒸氣的壓力蹂躪著我跟麗莎。V－2到處傳來「軋軋軋！」的激烈聲響。隨著刺耳的金屬聲，半毀的外殼一部分就像拼圖一樣一片片剝落了。

耐熱素材紛紛散落，裸露出宛如內臟的液態氧燃料箱——連接不知是儲存過氧化氫還是什麼的儲存箱的管路，一瞬間微微起火。

（不能在這裡繼續戰鬥啊……與其如此、乾脆就……！）

我為了誘導麗莎，就像攀岩一樣——將破損的外殼當成扶手與踏腳，把即使在這樣的亂鬥中也絕不斷裂的銘劍杜蘭朵當成支架，甚至也利用氣流——沿著螺旋狀的軌道往V－2上方攀爬。

隨著「隆——！」地一陣聲響，周圍忽然被月光照耀。剛才的豪雨就像騙人的一樣停息，潮溼的空氣也瞬間變得乾燥。已經來到雲層上了。

現在的高度應該已經超過一公里了吧？V－2依然繼續在加速，時速到達五百公里，是新幹線的兩倍。傾斜的飛行路線，正朝著大海所在的西方。漸漸明亮的天空，東方帶有微微的藍色，讓人有種身處宇宙空間的錯覺。

——吼啊啊啊啊——！

彷彿在咆哮似地大吼的麗莎，不斷對我揮出利爪——

而我則是對遠距離用貝瑞塔，對近距離用櫻花或秋水踢出膝蓋或橫踢，精密誘導她。

為了——**解體**V－2的前端部分，也就是彈頭。

劃過星空飛行的V－2，圓錐體的前端——一如我的計畫，外殼漸漸剝落了。利用麗莎被我架開的利爪。

現在的高度……已經比當初在伊·U從ICBM上摔下去時還要高了。速度也應該超過了時速八百公里。呼吸變得斷斷續續。

就在這樣危險的狀況中——

彈頭一點一點地裸露出來了。

只要看到一部分，靠爆發模式下的大腦也能立刻理解它的構造。

氣溫漸漸降低，我含有水分的肌膚與麗莎的體毛上都結出白色的冰晶。相對地，在機體下部則是伸出一條……明顯不是從噴射口噴出的火焰，逐漸延燒。

是混合燃料因為破壞而外洩，點火後在V－2後方拖出一條橘紅色——不，金色的尾巴。而且那尾巴隨著時間越來越長。

（……嗚……！）

我往下看，雲海已在遙遠的下方。我們來到了甚至可以看到整片覆蓋荷蘭的雲層的高空。目測高度、九千公尺，比聖母峰還要高了。這樣下去的話，很快就會穿過對流層——飛到平流層啦。

V－2是一種上升到九十公里高空後，再以兩馬赫的速度落到敵陣的兵器。同時也是人類史上第一個到達宇宙空間的人造物。就算現在已經半毀，但它還是依然在加速上升。

（必須要快點想辦法……要不然，就真的要到宇宙去了……！）

——

麗莎的吼叫聲已經聽不見了。

這裡是地球與宇宙的中間——可以傳導聲音的空氣也變得非常稀薄。

（時速……一千公里……！）

甚至已經比普通的手槍子彈還要快的V－2——

在那表面上……麗莎的動作變得遲鈍下來。而我也同樣無法動彈。我們兩個光是要抓在機體上就很費力了。

原本快要結凍的身體，現在變得炙熱起來。

是因為極度的高速，讓空氣與身體表面開始摩擦生熱的關係。

（……已經、撐不住了……！）

不完全燃燒下外洩的燃料拖出的金色尾巴，繼續不斷在伸長。

就在來到宛如宇宙空間的高度時——

——V－2不知不覺間轉為水平飛行了。

因為麗莎的破壞，讓V－2的飛行彈道在比原先預期的還要短距離、低高度的地方就到達了頂點。

在亞音速的強風中——

我已經將杜蘭朵插在V－2的前端部分。

然後任由劍柄震動，讓它破壞我判斷應該是化學彈頭投下、散布用的零件。甚至像之前跟華生那場戰鬥中差點從天空樹上摔下去時一樣，用沒有握住劍柄的手指放出水平櫻花。兩次、三次。

一邊回想著在香港看過的炸藥桶解爆畫面，一邊拚命進行的解除作業——總算成功——

讓裝有氰化物的化學炸彈滑落似地從V－2機體上分離了。

我勉強把幾乎快被風壓扯斷的頭往下探，確認化學彈頭掉落的方向——

在V－2拖出來的火焰尾巴中，化學兵器跟著排列像葡萄一樣的玻璃珠容器一起被燃燒殆盡了。

即使有殘留物，這裡也是距離陸地很遠的上方——也就是豪雨跟大海的上空。

畢竟那似乎是碰到水就會被中和的化學兵器，在這點上算是很幸運吧？

這下至少……

我成功阻止眷屬的攻擊，保護了師團。

至於我本身——倒是不知道有沒有辦法得救就是了。

（……接下來就是……）

——雖然不知道能不能說出來，對方能不能聽到，但我還是開口了。

對著一路跟隨我這個主人、原本應該是個很弱小的女孩子——

現在卻已經變身為一隻巨大魔獸、抓在V－2上的麗莎。

「……夠了，麗莎。已經夠了……」

麗莎——用翠綠色的眼睛不斷瞪著我。

她的爭鬥本能絲毫沒有消退，匍匐在V－2的外殼上朝我逼近而來。

「我不會……再對妳做任何事了。」

我與其說是用聲音……不如說是用『心』在對她說話。

畢竟在將近以音速飛行的V－2上，任何聲音都會被遺留在遙遠的後方啊。

剛才為了解除彈頭而把貝瑞塔收起來的我，將與空氣摩擦而隨時都像要燃燒起來的左手伸出來。伸向對我露出利齒的麗莎。

——喀哧——

彷彿被好幾把刀同時刺到的劇烈疼痛，從左手臂傳來——

「妳不需要再背叛任何人了。麗莎……不要再放開我的手了。」

咬住我的麗莎——

就在準備要扯斷我手臂的時候……

（……）

停下來了。

那動作——看起來或許是化為野獸的麗莎，靠本能明白了現在就算殺掉我，她自己也無法得救的事情。

不過，我寧願相信。

是麗莎接收到了我的心意——

是她殘存的人類心靈，讓她那麼做的。

（麗莎……）

我不自覺地露出微笑。而目不轉睛地看著我眼睛的麗莎則是——

輕輕地……鬆開了她的口。

溫和的動作，就好像她已經找回了人類的心靈一樣。

「……好，乖孩子。來吧，麗莎……我們回去吧，回到妳的國家。」

我在甚至連槍聲都顯得微弱的空間中，拔出貝瑞塔連續開槍。為了讓水平飛行的V－2主翼——導向翼轉為迴旋的角度。

拖出金色尾巴的V－2因為燃料不完全燃燒的關係，速度開始減慢。一邊下降高度，一邊在雲層上畫出弧線。

照耀著我與麗莎的月光與陽光也相對地改變角度。原本在陰影中的麗莎再度被明亮的光線照出身影。

即使變成魔獸——變成一隻巨大的金狼——

麗莎依然很美。

「妳很漂亮喔，麗莎。」

就在我如此呢喃的同時，V－2「唰——！」地彷彿劈開水面般再度衝入雲層中。

在宛如天堂畫作情景的水蒸氣中，我們的高度不斷下降。隨著一秒一秒過去，頭頂上的雲層漸漸變厚，遮蔽天空的光線——讓四周變成一片金色——也就是現在已經比V－2本身還要長好幾倍、一邊洩漏一邊燃燒的混合燃料發出來的光。

接著，強風中傳來一聲像是有水在我們周圍濺開的聲音，很快地——

我們就墜落到雲層下方、一片傾盆大雨之中。

俯角已經超過了三十度。V－2加上自己本身的重量拉動，加速往下俯衝。

——碰碰碰——！

我再次用貝瑞塔朝背後的導向翼開槍，讓V－2停止迴旋，往我認為是東方的角度飛行。但是——

透過一片豪雨與昏暗，我看不見海岸。

我們現在的位置是在距離陸地很遙遠的大西洋上空。

我想V－2應該是沒辦法飛回陸地。

這下不得不在海上墜落了。

至於方向……我雖然認為應該是轉向眷屬的據點——龍之港所在的方向了，但我無法確定。

即使是爆發模式，也不是萬能的啊。

化為一顆金色流星的V—2，現在幾乎是朝著正下方墜落。

速度不斷加快，彷彿要再度逼近音速。

繼續這樣落下的話……V—2會被撞成一團粉末的。連帶著我、麗莎與卡羯。

就在這時——

……噢嗚嗚嗚嗚嗚嗚————……………！

麗莎——百獸之王・熱沃當之獸……

在空氣濃度提升到足以傳達聲音之後，似乎在、叫喚什麼……？

她不斷咆哮了兩、三次。

混在那咆哮聲中，V—2的中上段部分「磅！」地掀開一片黑色的外殼——露出內部的駕駛座，形狀就像衝入大氣層用的膠囊。

看來是總算放棄攻擊的卡羯，決定緊急脫離了。話說，她到現在為止都一直沒有放棄，反而讓我很佩服呢。

透過膠囊上的小窗口看到的卡羯，用抱著大腿的姿勢坐在V—2中——用力拉起內部的一個把手。

接著，啪唰……！

為了將膠囊從機體中拔出來的降落傘瞬間打開……同時，看到那一幕的麗莎輕輕咬住了我的肩膀，將我從V－2表面拉開，並伸出爪子抓住在卡羯的操縱下即將從V－2中飛出來的膠囊。

「……！」

好險我握著杜蘭朵沒有放手。不過──

如果把V－2看成一隻生物，麗莎似乎有撲向獵物內臟的習性呢。

被咬著我的麗莎抓住的膠囊「唰……！」一聲脫離V－2──

飛向空中了。

「……嗚……！」

透過膠囊的窗口，我看到卡羯睜大沒有戴眼罩的眼睛注視著我。

畢竟都對上視線了，於是我姑且對她拋了一個媚眼。

……啪唰啪唰啪唰……！

在豪雨中，畫有卐字符號的三聯式降落傘應聲打開……

讓我們體驗了一場惡夢的V－2在下方越離越遠，同時在周圍產生一圈角錐狀的水蒸氣。看來它的墜落速度已經達到音速了。

不過，從那瞬間的相對速度判斷──

靠著降落傘落下的我們，速度也相當危險。因為增加了我跟麗莎的重量，讓減速效果無法完全發揮。這樣下去的話……先姑且不論麗莎，但我跟卡羯在落水的同時應該就會被衝擊力道撞死了吧？

可是，面對重力——面對地球這個強大的對手，就算是爆發模式也無可奈何啊。

就在我緊咬著牙根，凝視漸漸逼近的黑色海面時……

那片海水忽然……

——唰！唰唰唰……！

被某種尺寸驚人的東西抬起來了。

這畫面我在伊・U登場的時候好像也看過。不過現在那看起來比伊・U小的影子是——

喂……

喂喂喂。

開玩笑的吧？

（……鯨魚……！）

地球上最大的動物——藍鯨，正從海面中跳起來——彷彿是在迎接我們一樣。

與V－2錯身而過的巨大身軀高高跳出水面，飛到空中。與此同時——啪——！

咬住我的麗莎，從降落的膠囊上跳向那隻鯨魚了。

接著——我還來不及反應，我們就掉落在劃出一道空中曲線的鯨魚側腹部上，正好就像掉落在溜滑梯上一樣。

「——嗚……！」

嘩——！

然後，在帶有海水的鯨魚側腹上——

麗莎以原本如果垂直落下的話，應該會跟鯨魚同歸於盡的速度，朝斜下方滑落。

最後在滑到鯨魚尾部時，縮起她的身體——

將我抱在懷中，濺起水花、落入海中。

（……這是……！）

我之前在布爾坦赫對麗莎描述過的……

我跟卡羯從齊柏林伯爵NT號飛船上掉落下來時，使用過的方法。

不是垂直掉落，而是斜向掉落。我靠這招從墜落事件中撿回一條命的事情，麗莎還記得。然後，她操縱在場的動物——鯨魚，協助我們平安落水了。用「百獸之王」的身分。

這同時也代表——

麗莎現在已經找回人類的心靈了。因為她回想起了我說過的話。

我之前在布爾坦赫的祭典上看到的那段讓熱沃當之獸對人類敞開心靈的方法……雖然回想起來有點害臊，不過也許是我剛才在空中成功辦到了也不一定。

「——噗哈！」

被麗莎咬著沉入海中的我，浮上水面後……

讓利用狗爬式游泳的麗莎放開我，並抓著她金色的體毛，爬到她的背上。

卡羯的膠囊看來也因為從我們的重量中獲得解放而緊急減速的關係——勉強沒有遭到毀壞而平安落水了。膠囊的構造似乎在設計上有考慮到落水的狀況，因此雖然遭到鯨魚落回海中時掀起的巨浪翻弄，但還是在遠處的海面上漂浮起來了。

天上的雲層依然很厚，不過幾乎沒有雨滴落下來。

看來下著豪雨的烏雲已經被風吹到西方的樣子。

在風中，背著我的麗莎用狗爬式游到卡羯的膠囊旁。

接著探頭窺視膠囊內部，發出低沉的威嚇聲。

在膠囊中不斷流著汗水、透過窗口抬頭看著我們的卡羯……好像在大叫什麼。於是我讀了一下脣語，她似乎是在叫『你們到底是什麼怪物！』的樣子。抱歉，連我也搞不懂啦。

——仔細一看，卡羯的膠囊艙門扭曲變形，看來是沒辦法從內部打開了。不過氣密性做得很好，並沒有看到浸水的狀況。而且這東西本來就是為了飛在空氣稀薄的上空，因此應該也有氧氣供應裝置才對。

『……害、害我都失敗啦……』

嘴上嘀咕的卡羯在膠囊內盤起大腿，一臉不甘心地抬頭看著我。然而，她並沒有做出操縱膠囊的動作。我仔細觀察，膠囊也沒有類似動力機的東西。看來這是個只能漂流在海上的玩意。

雖然從空中生還是件好事啦，不過……這下傷腦筋的是，我們搞不清楚方位啊。

麗莎也張望四方，似乎在思考該如何回到岸邊的樣子。

然而，就在這時——

「……？」

我爆發模式下的感官，察覺到某種不對勁的感覺。

是天上。

雖然看不到月亮或太陽究竟在哪裡，不過微微透出光線的雲層下方……明明附近沒有樹木，卻飄舞著像葉片的東西。

而且不只是一、兩片，是一大群。

（那好像不是葉片的樣子……蝴蝶……？）

是蝴蝶。

在雲層下，蝴蝶們排列成整齊的隊伍，乘著強風飛舞著。

那是……

我在布爾坦赫與麗莎一起看過的，克拉克斑蝶。

據說是在這個季節中，會從荷蘭飛越海峽到英國的遷徙蝶。

換言之——牠們飛往的方向是英國，而飛來的方向就是——荷蘭。

我知道了。多虧那些蝴蝶，我知道大致的方位了……！

「麗莎，那邊。那邊就是妳的國家啊。」

我伸出手指告訴麗莎方位後，麗莎便把卡羯的膠囊當成浮板，用後腳開始狗爬式打水。然而，她的動作並不順暢。

雖然應該是有往陸地的方向開始移動了，但既然完全看不到海岸……就表示我們距離陸地至少有十公里遠。光靠麗莎的力量，用這樣的速度應該很難回去。而且萬一麗莎在途中變回原來的姿態，就會當場完蛋啦。

禍不單行的連續危機，讓我不禁皺起了眉頭。就在這時——

（……？）

海潮的流向漸漸改變了。

朝著海岸的方向，不自然地流動……我趕緊探頭看向膠囊內……就見到卡羯正閉上眼睛，做出輕撫空氣的動作。

即使是對S研方面的知識很缺乏的我，也至少能明白她那動作的意義。

卡羯是能操縱水的『厄水魔女』。

她因為看到我們已經指示出方位，所以為了活下去，而操縱附近的海流，引導膠囊往海岸的方向漂去。

「——麗莎，妳知道目的地吧？就是『龍之港』。卡羯似乎也那樣期望的樣子啊。」

我輕輕撫摸麗莎豎起的耳朵，對她說道。

「妳的主人，不會逃避。」

在這片黑色的海洋對面，有我的同伴。

有跟我同樣背負著叛徒的汙名、被敵人囚禁的同伴。

「I'll be back——我要去拯救貞德。身為女僕的妳，也來幫我吧。」

隨著這句知名電影的臺詞——

我在心中默念武偵憲章第一條。

——同伴之間要互信互助。

這次我一定要做到這一點。在真正的意義上。

Go For The Next!!!

後記

……噹噹噹……

隨著鈴鐺的聲響！今年！赤松聖誕老人的季節又到來啦！

這次也是這本小說第十六集、漫畫版第九集以及緋彈的亞莉亞ＡＡ第七集同時發售！

在亞莉亞ＡＡ的第七集中，除了金女登場之外……也有稍微畫到在本篇小說中還沒有被畫進插圖的金三——ＧⅢ的身影喔。這非看不可啊！

筆者稍微確認了一下，這套小說的第二集、第五集、第八集、第十一集、Cast Off Table以及第十六集，連續六年都在聖誕節出版了。

我小學五年級的時候，在『將來希望成為的人物』這篇作文中，寫的是『聖誕老人』。現在回想起來，還真有那麼一點像預言書呢。

而我看了一下小學六年級的作文，在『將來希望成為的職業』中寫的是『戰士』（都已經小六了，我還在寫什麼啊），因此為了哪天能實現這個願望，我是不是該練一下肌肉呢？話說，這根本就是受到『勇者鬥惡龍』的影響嘛。被問到職業竟然會先想到遊戲內的職業，由此可以窺見赤松少年實在有點『那個』啊。

好啦，說到遊戲，有件很Mooi的消息要告訴大家……！

明年，Bandai Namco公司預定將推出一款叫作『超級女英雄戰記』的遊戲。

這是一款網羅各領域作品的女主角們進行戰鬥的策略模擬RPG遊戲。重要的是！本作——緋彈的亞莉亞中登場的女生們也會參戰喔！

本人也有受邀參加遊戲監修，發現亞莉亞們的動作實在是帥氣&可愛啊。當然，配音員們的聲音也有收錄在其中喔！

哇～真是太開心了！

對應機種是PlayStation®與PlayStation® Vita，預定發售日期是二〇一四年二月六日。詳細介紹請上遊戲的官方網站確認喔！

今年赤松又是在『GUNSLINGER STRATOS』中持雙槍瘋狂掃射，又是趁著幼女前輩不在的機會大玩『偶像傳說！』——在遊樂場大肆享受了遊戲的樂趣。不過，看來明年赤松的遊戲生活會更加精彩呢！

……請、請放心喔？赤松會遵守「遊戲一天一小時！」的標語，在寫稿上也認真執筆的。

那麼，下次等到荷蘭的鬱金香盛開的季節——我們在書店相會吧。

二〇一三年十二月吉日　赤松中學

祝!!
アリア16巻
恭喜亞莉亞第十六集出版！
■這次因為有許多新角色
登場的關係，
我設計角色
設計得很開心呢！
希望大家會喜歡！
那麼，期待下集再相見！

徵稿

輕小說
BL 小說
徵稿中

尖端出版誠徵輕小說／BL 小說稿件。錯過了一年一度的浮文字新人獎嗎？現在也有常設性的徵稿活動囉！歡迎對寫作有熱情的朋友，一起來打造臺灣輕小說／BL 小說世界！

1. 投稿內容：

★以中文撰寫，符合尖端出版定義之原創長篇「輕小說／BL 小說」。
★題材、形式不拘，但不得有過當之血腥、色情、暴力等情節描寫。
★稿件需為已完成之作品，字數應介於 80,000 字至 130,000 字間（含全形標點符號，以 Microsoft Word「字數統計功能」之統計字元數（不含空白）為準）。
★投稿時請註明：真實姓名、筆名、聯絡方式（手機、地址）、職業。
★投稿時請提供：個人簡歷（作者介紹）、人物介紹、故事大綱及作品全文，以上皆請提供 WORD 檔。

2. 投稿資格： BL 小說投稿需年滿 18 歲；輕小說無投稿資格限制。

3. 投稿信箱： spp-7novels@mail2.spp.com.tw

★標題請註明：【投稿輕小說／BL 小說】作品名稱 by 作者名
★審稿期約為二～三個月，若通過審稿，編輯部將以 EMAIL 回覆並洽談合作事宜；未通過審稿者恕不另行通知。

4. 注意事項：

★投稿者需擁有作品之完整版權。
★不得有重製、改作、抄襲、仿冒或其他侵害他人權益之情事。
★請勿一稿多投。
★若有任何疑問，請直接 EMAIL 至投稿信箱，勿來電洽詢。

尖端出版

浮文字

緋彈的亞莉亞(16) 星之堡壘的禿狼

（原名：緋弾のアリアXVI 星の砦の禿狼（ジェヴォーダン））

作者／赤松中學　**封面插畫**／こぶいち　**譯者**／陳梵帆
發行人／黃鎮隆　**協理**／陳君平
總編輯／洪琇菁　**國際版權**／林孟璇
執行編輯／呂尚燁　**美術主編**／李政儀
企劃宣傳／邱小祐
出版／城邦文化事業股份有限公司　尖端出版
台北市中山區民生東路二段一四一號十樓
電話：（〇二）二五〇〇七六〇〇　傳真：（〇二）二五〇〇二六八三
E-mail：7novels@mail2.spp.com.tw
發行／英屬蓋曼群島商家庭傳媒股份有限公司城邦分公司　尖端出版
台北市中山區民生東路二段一四一號十樓
電話：（〇二）二五〇〇—七六〇〇（代表號）
傳真：（〇二）二五〇〇—一九七九
北部經銷／祥友圖書有限公司
電話：（〇二）八五一二—三八五一
傳真：（〇二）八五一二—四二五五
中部經銷／高見文化行銷股份有限公司
電話：〇八〇〇—〇五五—三六五
傳真：（〇二）二六六八—六二二〇
雲嘉經銷／智豐圖書股份有限公司　嘉義公司
電話：（〇五）二三三—三八五二
傳真：（〇五）二三三—三八六三
南部經銷／智豐圖書股份有限公司　高雄公司
電話：（〇七）三七三—〇〇七九
傳真：（〇七）三七三—〇〇八七
一代匯集／香港九龍旺角塘尾道六十四號龍駒企業大廈十樓B&D室
電話：（八五二）二七八三—八一〇二
傳真：（八五二）二七八二—一五二九
法律顧問／通律機構
台北市重慶南路二段五十九號十一樓
二〇一四年六月一版一刷

馬新總經銷／城邦（馬新）出版集團　**Cite(M)Sdn.Bhd.(458372U)**
電話：（六〇三）九〇五七—八八二二
傳真：（六〇三）九〇五七—六六二二
E-mail：Cite@cite.com.my
大眾書局（新加坡）　**POPULAR(Singapore**
E-mail：feedback@popularworld.com
電話：（六五）六四六二—九五五五
傳真：（六五）六四六八—三七一〇
大眾書局（馬來西亞）　**POPULAR(Malaysia)**
電話：（六〇三）九一七九—六三三三
傳真：（〇三）九一七九—六二〇〇
客服諮詢熱線：一—三〇〇—八八—六三三六
E-mail：popularmalaysia@popularworld.com

■中文版■

郵購注意事項：
1. 填妥劃撥單資料：帳號：50003021戶名：英屬蓋曼群島商家庭傳媒(股)公司城邦分公司。2. 通信欄內註明訂購書名與冊數。3. 劃撥金額低於500元，請加附掛號郵資50元。如劃撥日起 10～14日，仍未收到書時，請洽劃撥組。劃撥專線TEL：(03) 312-4212 ・ FAX：(03) 322-4621。E-mail：marketing@spp.com.tw

國家圖書館出版品預行編目資料

緋彈的亞莉亞 / 赤松中學 著； 陳梵帆 譯.--1版.
--臺北市：尖端出版，2009.10
面； 公分.--(浮文字)
譯自:**緋弾のアリア**
ISBN 978-957-10-5584-8(第16冊：平裝)

861.57 98014545